史双元讲古诗词丛书

趣说人间好诗词

史双元 著

Poetic Wonders of the Simple Life

凤凰出版社

图书在版编目（CIP）数据

趣说人间好诗词 / 史双元著. -- 南京 : 凤凰出版社, 2022.10
（史双元讲古诗词丛书）
ISBN 978-7-5506-3752-8

Ⅰ. ①趣… Ⅱ. ①史… Ⅲ. ①古典诗歌－诗歌研究－中国 Ⅳ. ①I207.22

中国版本图书馆CIP数据核字(2022)第168533号

书　　名	趣说人间好诗词
著　　者	史双元
责任编辑	尤丹丹
特约编辑	杜锦瑞
装帧设计	陈贵子
出版发行	凤凰出版社(原江苏古籍出版社) 发行部电话025-83223462
出版社地址	南京市中央路165号,邮编:210009
照　　排	南京凯建文化发展有限公司
印　　刷	江苏苏中印刷有限公司 江苏省泰州市经济开发区鲍徐镇,邮编:225315
开　　本	880毫米×1230毫米　1/32
印　　张	8.875
字　　数	229千字
版　　次	2022年10月第1版
印　　次	2022年10月第1次印刷
标准书号	ISBN 978-7-5506-3752-8
定　　价	48.00元

(本书凡印装错误可向承印厂调换,电话:0523-82099008)

《白泽精怪图》

现藏于大英图书馆

敦煌残卷 S.6261

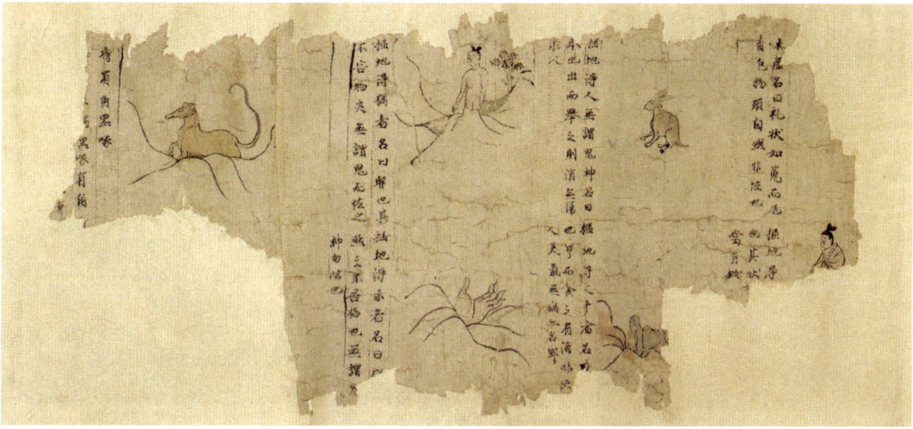

"……有个妖精的头目，叫白泽，是神兽，它早就成了黄帝的内应，把天下一万多种妖怪的形象、名字、习性以及应对方法悉数交给了黄帝，连接头暗号都一一记录在案，还透露了这些妖怪的弱点。黄帝听白泽说了之后就把所有妖怪的形象、名字记录成图册，于是有了《白泽精怪图》。"

《落花诗意图》

现藏于南京博物院

（局部）

[明]沈周

“古典诗词中，关切落花是一个传统主题，其内涵、境界也逐步深化，融入更多的人文情怀。……这种审美姿态来自我国古典文人对落花现象的诗意把握：在欣赏落花的过程中，流露的是对生命的珍惜。”

《惜罇空》

敦煌残卷 P.2567

[唐]李白

20世纪初出土的敦煌唐写本唐人选唐诗残卷中记有李白《惜罇空》一首。《惜罇空》，即我们耳熟能详的《将进酒》，而《将进酒》此前的最早版本出自宋人殷璠《河岳英灵集》。自残卷出土后，关于《将进酒》一诗是否经宋人修改的争论便一直不休。除诗名迥异，此版《惜罇空》亦有个别诗句与《河岳英灵集》版不同。其中，“古来贤圣皆死尽”一句多次引起热议。

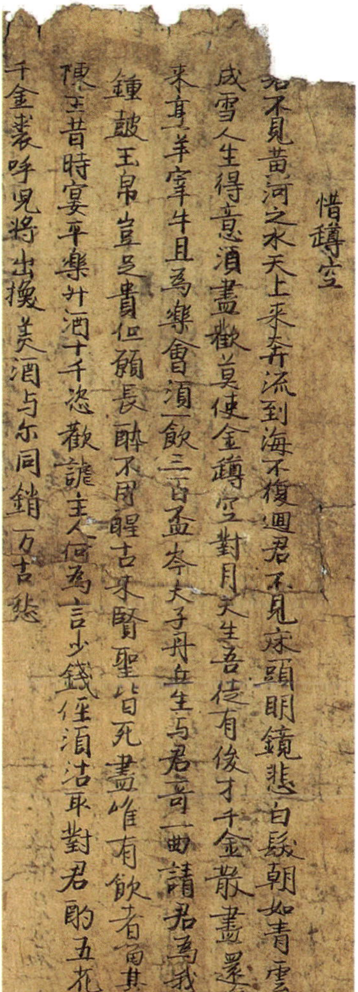
惜罇空
君不見黄河之水天上來奔流到海不復迴君不見床頭明鏡悲白髮朝如青雲暮
成雪人生得意須盡歡莫使金罇空對月天生吾徒有俊才千金散盡還復
來烹羊宰牛且為樂會須一飲三百盃岑夫子丹丘生与君哥一曲請君為我傾
鍾鼓玉帛豈足貴但願長醉不用醒古來賢聖皆死盡唯有飲者留其名
陳王昔時宴平樂斗酒十千恣歡謔主人何為言少錢徑須沽取對君酌五花馬
千金裘呼兒將出換美酒与尓同銷万古愁

《浔阳送客图》

（局部）
[明] 丁云鹏

“真正的‘浔阳印象’音乐会难道不应该是这样的吗？以大自然做背景，以偶遇的听众为对象，江水与芦苇、清风和明月都是聆听者。”

现藏于台北故宫博物院

《嫦娥奔月图》

[明] 唐寅

“嫦娥是中国历史上第一个敢于主动出走的女子，比娜拉出走早了几千年，她也比娜拉更反叛。她不用撒娇，不用假装委屈来寻求同情，甚至没有犹豫，直接愤怒出走。”

《洛神赋图》

现藏于故宫博物院

（局部）

［晋］顾恺之

“人神恋是一种温情美丽的想象，假借神话表达来自人类心灵深处对自由和激情的向往，达到对现实的超越，是一种对精神世界的慰藉，对社会安定有好处。”

目 录

宋元篇

明清篇

杂谈篇

序　言

鉴赏是人类重要的精神活动。

读书、看电影，是把别人活过的日子琢磨一遍，如果能入戏，跟着剧情走，就是跟着再活一遍，而诗词鉴赏就是把人类最精华、最细腻、最豪放、最可乐的情感再体验一遍。

本书提供了一批具有创新特色的诗词鉴赏文章，希望与读者一起拓宽鉴赏的视界，增添阅读诗词的乐趣，参与自主的精神创造活动。我希望拿出一本好看的书。

本书写作的基本原则是：

不炒冷饭，不走套路，有话则长，无话即止；言之有据，诗词文本的选择经过考证，择优录取，提供“良品”；言之有理，以理性的考辨，鉴别真伪，品味高下；言之有序，赏析有法，既注重诗眼字句的鉴赏，也通过比较和联想进行宏观赏析；言之有文，以美的文辞传译美的诗词；言之有情，贴近古人，同情共鸣，以有温度的表达转述古人心思；言之有趣，力求以幽默的语言包裹“硬核”的学术；本书的核心追求是，以新的见解开辟赏析新天地，拓展赏析新范式。

中国诗学有几千年的历史，诗词鉴赏需要“袭古”，但时代在进步，我们也要创新。本书的一个重要特点就是疑古与创新。在言之有据的基础上，本书颇有一些“出格”的思考，力求不落窠臼，不因陈说。如《屈原〈山鬼〉伊始：妖精，从人类信奉的神灵到草根文人的虚拟宠物》，跳出成见，对古代草根文人与妖鬼神魅相依相伴的精神现象提出了不曾有的解读，相信读者会有耳目一新的感觉——原来诗词还可以这样读。

日益受到重视的“批判性思维”是对已有成见和“定格”思维提出批评并作出反拨，它的核心理念是新发现、新解读，因此，建设性阅读、发现新价值应当是批判性阅读的一部分。《杜甫〈茅屋为秋风所破歌〉：天下第一暖男的“公屋”概念》一文就是“建设性批判”的具体演绎，从杜甫的名作、无数人解读过的《茅屋为秋风所破歌》中读出新的价值体现：这首诗提出了朦胧的“公屋”概念，也就是为寒士、为穷人提供保障性公共服务的现代文明理念，这是很有价值的、超越时代的仁者情怀。闻一多曾把《春江花月夜》称之为“宫体诗的自赎”，夸奖这首诗是“诗中的诗，顶峰上的顶峰”，本书收入的《张若虚〈春江花月夜〉：大唐平安夜里的宇宙之问》一文，探寻了闻一多激赏此诗的原因，也提出了我对这首诗的价值新发现：这首诗不仅仅包含了古代诗文少有的“宇宙之问”，也以具象的方式展示了历来人们语焉不详的“大唐气象”。

本书还有不少文章以批判性思维为基点，推翻了前人的成见，以现代文明理念为立足点，对古典诗词提出了新的挑战性解读。

汉乐府《上山采蘼芜》记录了分手夫妻偶遇时的一段对话，历来的评论重在赞美诗歌中女子贤惠勤劳的品质，本书收录的《汉乐府〈上山采蘼芜〉：这位男士，如此普通，却如此自信》一文换了个角度，以今日男女平权意识来重新审视他们的对话，温柔一刀，点破了男主人公“普信男”的心态。换了角度解读，这首诗，既可笑，也可乐!《李商隐〈嫦娥〉：疑罪从无，嫦娥出走的先锋意义》也是翻案文章，结合文献考证，“洗白”嫦娥，挑战“后羿团队”，还原历史。

在创新理解古典诗词的思想内容和艺术特色的同时，本书力求开创“普适型”新赏析方法，提出了一些带有创新意义的赏析模式。

其一，现场还原。追求对历史场景的回访，对人情世故的当代化揣摩，力求设身处地地解读那些“曾经沧海”，拉近历史和今天的距离，让当代读者感受前朝故事，体会当年诗人的欣喜与心酸。如《从〈定风波〉到〈临江仙〉：把每一天都过成“巴适的模样”》一文，力求还原苏轼被贬黄州前后的生活状态和情感变化，走近诗人，近距离观察东坡心中微澜。

其二，古今对读。在欣赏诗词的过程中，用今人的生活模式和情感表达方式比照古人的类似情景，帮助今日读者寻找共情的基点，谐振理解古诗词的情趣。如《林佩环〈赠外〉：修到人间才了如，字字深情》一文，采用了古今对读的模式，选用了今人诗句来解读清朝才女林佩环的心情。

其三，穿越式阅读。借用思想上的穿越与古代诗人对话，邀请他们作为嘉宾和当代青年说说话。穿越式阅读就是将古人心比作今人心，换位思考，“显微”诗人创作时的鲜活心态和情感。《诗仙·李白：假如诗仙能上网，大唐诗坛添好戏》一文，假设李白穿越到今天，能够上网，揣摩李白也许有所改变的创作行为以及对大唐诗坛的影响。这样的解读，可以加深对诗人个性和创作方式的理解，利用 VR 模式，以 3D 形象呈现，由表及里，直观而深入地“表现”诗人气质。《诗圣·杜甫：让我们众筹给杜甫买一部手机》是姊妹篇，以同样的“待遇”来描绘唐代文坛的双子星。

另外，值得说明的是，本书较多地采用“趣说”“笑谈”“新解读”的方式，诗词赏析也采用了一些新方法，如回归现场，如基于人情的适度想象，又比如多用流行词汇代替常见词汇或专有名词，希望在常规解读的基础上拓展读者的思维模式，也增加阅读的趣味。

书中插画选自《唐诗画谱》《百美新咏图传》等，诗画共赏，相映成趣。

在本书即将与读者见面之时，我要诚挚感谢多位学界朋友和编辑提供的支持。南京市教研室徐志伟先生为整体写作思路提供了有启发性的建议；“凤凰大语文”微信公众号在第一时间提供了部分文章的发布空间，以了解读者的反应；凤凰出版社社长倪培翔和编辑杜锦瑞为本书的出版提供了创意策划。当然，尤其要感谢的是，部分文章在“凤凰大语文”微信公众号发布期间，很多学者和普通读者发来了热情洋溢的鼓励。

希望这本书能与您常相伴。

先秦两汉篇

《诗经·郑风·将仲子》：

拂墙花影动，疑是玉人来——《将仲子》诗意臆测

这首诗的字里行间，看上去不像是在拒绝，倒好像是在鼓励。而且，收到这首诗，很可能使“仲子”来找她时更加轻车熟路。

这种欲迎还拒的手法以及话里有话的聪明劲，不由得让人想到《西厢记》中类似的情节。

古人解诗其实比现代人还不靠谱。作者未必然，解诗者未必不然。

将仲子兮，无逾我里，无折我树杞。岂敢爱之？畏我父母。仲可怀也，父母之言，亦可畏也。

将仲子兮，无逾我墙，无折我树桑。岂敢爱之？畏我诸兄。仲可怀也，诸兄之言，亦可畏也。

将仲子兮，无逾我园，无折我树檀。岂敢爱之？畏人之多言。仲可怀也，人之多言，亦可畏也。

——《诗经·郑风·将仲子》

《诗经·郑风·将仲子》这首诗有点奇怪。一般认为，这首诗的主旨是女子劝诫追她的男子要自我控制，要有分寸、有步骤地谈恋爱，不要"吃相太难看"，而且警告了这位男子，不计后果的追求可能带来吃不了兜着走的严重结局。

女主人公开头就指名道姓，说出喊话的对象，"将仲子兮"——兄弟中排行第二称"仲"，"仲子"相当于《红楼梦》里的"二哥哥"——我可爱的二哥哥啊！求你不要骚扰我，我家虽然没有藏獒，但是有练过散打的哥哥。你若再这么目中无人，大胆狂妄，当心我的兄弟打折你的腿。再说，你虽是外来打工的，可以不考虑本地流言蜚语的影响力，可我还是要给爹娘留足面子的。这首诗大致就是这个意思。

但是，诗无达诂，还有一种不同的理解，与上面的解说背道而驰：

这首诗的字里行间，看上去不像是在拒绝，倒好像是在鼓励。而且，收到这首诗，很可能使得“仲子”来找她时会更加轻车熟路。诗歌中的女子反复强调自己对“仲子”是有感情的，语气中散发着恋爱时特有的甜蜜，这就不免让人产生另外的想法：你如果是真的想让这位男士离你远一点，为什么又反复念叨“我心中有个你”（仲可怀也）？而且，一遍又一遍，“含蓄”又层层深入地把怎么到你们家的路线反复勾画，甚至将沿途细节都写得很清楚。请恕我以“小人之心”来揣度——这首诗就是女方给男子递的一张小条子，是“共谋”的证据，是翻墙路线的“指引”。如此一来，我们便可用现代化语言对本诗作解释如下：

二哥哥啊，你可以先进入我们长干里，长干里外围有高墙，你翻墙的时候得小心一点，不要把巷口那棵杞树折断了。声响太大，就会被巡逻的更夫抓到，更夫可是我父亲的发小，逃得了和尚逃不了庙（当然，那时候佛教还没有入华），我父母顺藤摸瓜，咱俩谁也跑不了。

进入了长干里，转到石鼓路，就到我家附近了。你还要爬过外围墙，才能进入我家园子。有一棵桑树就在围墙的西边，枝丫已经伸到了围墙的外面，你可以从那里攀缘翻墙，但不要把桑树弄断了。我两个虎狼似的哥哥的住房离那里不远，他们的膀子比你的大腿还粗，你自己掂量着。我虽然爱你，但我俩加起来也打不过我两个哥哥啊。

我自己住在后院，靠院墙有棵檀木树，你可以从檀木树上溜下来。如果你把檀木树也弄断，那就彻底完蛋啦。那么硬的檀木，断裂的声音会惊醒街坊四邻，他们早就盯上我们啦。

总的来说，我的心里有个你，这一点无可怀疑。但你若前来幽会，不要大摇大摆，还得小心行事，不要损坏任何公共财物，不要留下印迹。

让我们“脑洞”再开大一点，是不是还有另一种可能：男方已经不想继续来往了，借口是“行路难”，女子就给他写了这个约会指南。给了清晰的地图，你还能推脱吗？并且，女子自己放风出去，指名道姓，告诉大家，“就是老赵家的小二子，他早就和我约会了”，以此造成一定的社会影响。最终，你来也得来，不来也得来。

这种解释并不是我一个人的发明，古代文人早就有这种理解和评点。清末吴闿生《诗义会通》就直截了当地指出：“语语是拒，实语是相招，蕴藉风流。”此前，大儒朱熹的解读是同样的意思，朱熹《诗集传》引郑樵《诗辨妄》，认为此诗为“淫奔之辞”。朱先生对《诗经》的解释一般很古板牵强，这个解释倒是比较在理，也有意思。

女主人公用的这种欲迎先拒的手法以及话里有话的聪明劲，不由得让人想到《西厢记》中类似的情节，即崔莺莺给张生写小条子，颇有“隔代同欢”、心心相印的味道。当时崔莺莺已经喜欢上了张生，但母亲看管得紧，因此让红娘递了个小条子给张生，小条子上写的是一首短诗，非常含蓄，却对张生的进一步活动有指导意义：

待月西厢下，迎风户半开。拂（隔）墙花影动，疑是玉人来。

这首诗非常含蓄，话里有话，若把内在暗示全部说出来，可能是这样：

我是好人家的女孩，你不要惹我。因为，你要是惹我，我是会当真等待的。今晚，我会在西边厢房的月光下徘徊，那只是寻找白天遗落的诗句，可不是等你。虽然我怀疑，你若真的为爱发狂，就会在半夜三更的月光下，脱了鞋子，从前门大街一溜烟跑到蛤蟆胡同。到我家前门看一看，你会发现前门虚掩半开，你或许不知道，我家新雇的门卫非常尽职，巡夜的时候不敲梆子，你若从正门进来就会被逮个正着。我估摸你会转到后门，从后院翻墙过来，墙虽然高，但右墙边有一棵花树，你从花树上溜下来就不会摔着了。请注意，我没有叫你这么做，我只是怀疑你这个轻狂的家伙会这么做，因为你的热情我挡不住。当然，如果你这么做了，红娘不会揭发你，只是你得先把小条子吞了。

《将仲子》这首诗，和《西厢记》中崔莺莺发出的诗歌邀请很相似，甚至更直白，都是写女子半迎半拒，表面上拒绝，实际上等待，乃至于帮助男子出谋划策，留下路线图。可能《西厢记》这一段情节也受到了《将仲子》的启发。

当然，这也可能是男诗人一厢情愿的构思，表现自己多么地受“待见”、女子怎么地想念自己。后代有很多闺怨诗词，写女子如何思念男子，也都是男人一厢情愿的代言。如此看来，《将仲子》可算这一类代言体的鼻祖了。

《将仲子》这首诗很有意思，真正的原创意图也很难解释。一个女孩子，在没有网络的年代，依靠口耳相传，把一段好像是警告男子不要骚扰她，读起来又好像是故意招他、惹他的讯息传遍了天下，而且是用诗歌的形式，又恰巧被采诗官听到了，记录在案，然后孔夫子或其他人编选《诗经》的时候，也把这首诗留下来了。这让后代的学者很为难——作为一部朝廷正式会议、外交场合需要引用的经典，不管这首诗说的是拒绝男子还是勾引男子，到底是不靠谱的街谈巷议之诗。煌煌经典竟将其收录，连八卦新闻嚼舌头一类的言语也放进来，怎么会这样？

为此，解诗者必须另作解释。

古人解诗其实比现代人还不靠谱。作者未必然，解诗者未必不然。有的时候，为了思想正确，一些古人曲解诗歌的手段可说无所不用其极，比如《将仲子》这一首诗的写作背景，《毛诗序》非得把它往政治大事件上靠：

> 《将仲子》，刺庄公也。不胜其母，以害其弟。弟叔失道而公弗制，祭仲谏而公弗听，小不忍以致大乱焉。

郑笺：

> 庄公之母，谓武姜。生庄公及弟叔段，段好勇而无礼。公不早为之所，而使骄慢。

上面这段话比较古奥，简单地说，以上的背景介绍涉及春秋时代鲁隐公元年发生的一件权谋之事，即郑国的郑庄公与弟弟共叔段、母亲武姜闹矛盾。据说，矛盾的起因是武姜生庄公的时候难产（寤生），从此武姜就讨厌庄公，喜欢庄公的弟弟共叔段，发展到后来，武姜竟然帮助共叔段挑起内乱夺权。而庄公则故意养虎遗患，任其发展，最后“有理有据”地除掉了弟弟。具体细节可以参阅《郑伯克段于鄢》(《左传·隐公元年》)。但我无论如何看不出来，《将仲子》写的男女之爱如何与贵族家庭母子兄弟的内斗扯上关系?《毛诗序》这种解释，一个字——“扯”!

屈原《山鬼》伊始：

妖精，从人类信奉的神灵到草根文人的虚拟宠物

她还用很野性的赤豹来拉车，从山脚处翩然出场，脸上带着矜持的微笑，搭配的是最新潮的“哭泣妆”。

科举失意的悲哀需要释放。……在油灯下，在黑黢黢的荒草丛生的后院中，他活生生地“见鬼”。

人和妖精的相处过程中，受伤的也总是妖精，人啊，人啊，你也太霸道了！

若有人兮山之阿，被薜荔兮带女萝。既含睇兮又宜笑，子慕予兮善窈窕。乘赤豹兮从文狸，辛夷车兮结桂旗。被石兰兮带杜衡，折芳馨兮遗所思。

余处幽篁兮终不见天，路险难兮独后来。表独立兮山之上，云容容兮而在下。杳冥冥兮羌昼晦，东风飘兮神灵雨。留灵修兮憺忘归，岁既晏兮孰华予？

采三秀兮于山间，石磊磊兮葛蔓蔓。怨公子兮怅忘归，君思我兮不得闲。山中人兮芳杜若，饮石泉兮荫松柏。君思我兮然疑作。雷填填兮雨冥冥，猿啾啾兮狖夜鸣。风飒飒兮木萧萧，思公子兮徒离忧。

——屈原《九歌·山鬼》

现在的动漫游戏中，妖精成了很受欢迎的角色，如日本的动漫作品中，妖怪形象大多非常可爱。其实，日本动漫中的妖怪形象有不少是直接从中国拿过去的，或者与中国古代的妖怪形象有着隔海相望又一衣带水的关系，如花仙、月神、狐妖、河童、天狗等。

蒲松龄的《聊斋志异》确立了妖精在文人（特别是下层文人）精神领域中相生相伴的重要地位，妖精已然成了草根文人的虚拟宠物。

但在中国文学的源头处，妖精本为人类信奉的神灵。从神灵到文人的精神伴侣、虚拟宠物有个发展的过程，我们从屈原的《山鬼》说起。

屈原时代的楚国，巫术盛行，人与妖怪进行沟通是日常活动的重要部分。人类学家如泰勒（Edward Tylor）、弗雷泽（James Frazer）等人都讲到宗教与巫术有很大的不同：宗教以祈祷为主要仪式，而巫术是通过“贡献”来收买神灵，或者以歌舞为媒体，进入人神合一的迷狂境地，达成神灵为人服务的目的。这中间，人（祭司）与神的沟通（也就是“降神”这一活动）是关键步骤。

屈原的《山鬼》属于祭祀活动时的歌舞文字脚本，这首诗采用内心独白的方式，叙述了“山鬼”被“放鸽子”后的忧伤：“山鬼”是一位美丽、痴情的少女，与她的情人有一个 dating（约会），尽管道路艰难，她还是满怀喜悦地前来赴约。可是，和现代都市小说差不多，谁先动感情谁受伤。“山鬼”来了，情人没来。风雨来了，她痴心不改，徘徊等待，忘记了回家。暮色四合、悲猿哀鸣，此情此景，她要祈祷，她要歌舞……

屈原描写的这个“山鬼”是个地域性妖精，它是祭祀的对象。祭司对山鬼很熟稔，没有太多的恐惧，甚至有欣赏的味道，这就为日后妖精在人们的想象中被逐步驯化成宠物打下了基础。

我们不妨从《山鬼》中挑几句看一看山鬼的形象：

> 若有人兮山之阿，被薜荔兮带女萝。既含睇兮又宜笑，子慕予兮善窈窕。乘赤豹兮从文狸，辛夷车兮结桂旗。被石兰兮带杜衡，折芳馨兮遗所思。……怨公子兮怅忘归，君思我兮不得闲。

她很认真地打扮了自己，披戴着纯天然饰物薜荔、女萝、石兰和杜衡。她还用很野性的赤豹来拉车，从山脚处翩然出场，脸上带着矜持的微笑，搭配的是最新潮的“哭泣妆”，辛夷车上插着桂枝做的女儿旗，身边跟着宠物文狸……

山鬼的形象有神性、有野性，但她的情感变化又充满人性，这种人神合一的形象创造，也是屈原诗歌中常见的手法。

屈原笔下的山鬼已经具备了美和魅的特征，是妖精和人的结合体，为后代的美女妖精打了个样，后代的画家描绘山鬼的时候，也主要突出山鬼的婀娜多姿，如刘旦宅和范增所画的山鬼，那就是最新潮的时装模特。

屈原记录了以楚国为代表的南方的妖精，而《山海经》记录的则是妖精在全国的分布地图，等于妖精户籍 data（数据库），而且，某些妖精也已经具备可爱的特征。

比如有个妖精的头目，叫白泽，是神兽，它早就成了黄帝的内应，把天下一万多种妖怪的形象、名字、习性以及应对方法悉数交给了黄帝，连接头暗号都一一记录在案，还透露了这些妖怪的弱点。黄帝听白泽说了之后就把所有妖怪的形象、名字记录成图册，于是有了《白泽精怪图》，一直流传到唐宋，敦煌莫高窟出土了残卷，再往后就消失了。

白泽身为妖怪却愿意帮助人类，成了人类收买的内应。可见，部分妖精的形象，本来就不是穷凶极恶的鬼怪，《白泽精怪图》就像是一个人类和妖怪之间的相亲 album（相册）。

往后，中国文化以极大的包容性吸纳了异域文化的精华，也收编了不少外来妖精，魏晋至唐宋时流行的志怪类小说如《神异记》《搜神记》《夷坚志》等典籍就记录了大量仙、妖的信息，包括多种新妖精的特征和故事。

魏晋南北朝时，虚拟宠物型妖精已经出现，最典型的虚拟宠物是阳羡鹅笼故事中的妖物，事载南朝梁吴均《续齐谐记》：阳羡地方有个叫许彦的人，一日，带着个鹅笼行路，遇到一个举动奇异的书生。书生要求寄居在鹅笼中，进去以后，也不见得鹅笼窄小，书生与两只鹅和平共处，许彦拎着鹅笼也不觉得特别重。走到一棵大树下，此书生要报答徐彦提携之劳，就从口中吐出器具肴馔，与许彦共饮，还吐出一女子共坐陪酒。更奇异的是，片刻以后，书生醉卧，这个陪酒女子又从口中吐出另一男子陪她对饮。女子也很快醉卧，后来的男子复吐一女子共酌。等到书生快醒来的时候，这些男女依次各吞所吐，世界回到原位。且不说故事包含的关于世界循环的哲学道理，这个故事至少是一个民间警示——不要和不认识的人随便喝酒。

这个故事中的书生和他依次吐出来的男女都是小妖精，有神通，无危害，可以蓄养，收放自如，只存在于臆想中，也就是虚拟的娱乐对象。

到了《西游记》，故事说的是西天取经路上师徒遭遇和收服形形色色的外国妖精的过程，但实际上主要还是中土妖精的内斗。孙悟空是猴子变来的，他也是妖精，但他是个“直男”，容不得别的妖精，特别是容不得女妖精。孙悟空属于有个性的好妖精，人们差不多已经忘记他的妖精身份了。唐僧是文人的化身，对妖精是一种既怕又爱的稍显“变态”的心理；而妖精也以嬉戏唐僧为乐。取经路上亦有一些妖精最终归顺“主流”。可以说，此时有一些妖精已经完全为人类所驯服，是为人类控制的虚拟妖精。

当然，最典型的虚拟宠物型妖精是体格和神态都比较符合人类审美要求的狐狸精，沈既济所著《任氏传》就讲述了美丽可爱的小妖精——狐狸精的故事。

集大成者是蒲松龄的《聊斋志异》，把下层文人对妖精的着迷刻画得淋漓尽致，文人对妖精甚至有类似玩游戏成瘾的状态。我们理解，科举失意的悲哀需要释放。因此，蒲松龄在科场失利闲居家园时“记录了”大批妖精鬼怪。可以想见，晚上是蒲松龄创作的旺盛期，在油灯下，在黑黢黢的荒草丛生的后院中，他活生生地“见鬼”，又害怕，又刺激，然后，在迷狂的创作状态中，他写下了书生与各种妖精聚会的故事。在他笔下，妖精并不可怕，甚至比人友善，比人更厚道。那些夜晚属于蒲松龄，蒲松龄是那一时代最好的晚上说“鬼”节目的主持人。虽然，当时并没有多少粉丝和听众。

其实，《聊斋志异》记录的多是文人喜欢的妖精，民间故事中也有虚拟宠物型妖精，“田螺姑娘”是典型，这不就是一款服务型机器人妖精吗？召之即来，挥之即去，藏在水缸里，省电又环保。《白蛇传》中的白娘子属于恋爱型宠物，有妖精的成分，但属于可以改造好的对象，而且，她渴望脱胎换骨，成为人类的一员。到此时，妖精真的与人有了感情交流，乃至于相杀相爱，除了原有的脱不了的外形，大都已经具有人性，成了古代文人普遍接受的虚拟宠物。

谈到人和妖怪的关系，谈到《聊斋志异》，不得不反思“薄情”的人类和容易受伤的小妖精。大多数书生都很“草根”，歆羡富贵功名，妖精舍出命来帮助书生，等到书生发达了、富贵了，就把小妖精赶走了，甚至不需要开口，小妖精就自动离开，还要微笑着帮书生收拾好行李，然后在晨雾中说一声“Goodbye”，化作一缕青烟，或几个泡沫，消失在虚空中，得到的是和《安徒生童话》中那个为爱献身的美人鱼一样的结局。

那些妖怪一定非常寂寞和伤心，他们也喜欢人世繁华，想要进入灯火辉煌的灯市，却被人类隔离在荒郊野外，就像史蒂文·斯皮尔伯格导演的电影《Artificial Intelligence》(《人工智能》）中被抛弃在郊外废物堆中的残疾机器人，孤独与伤心是他们忠心服务的主人给予的回报。人和妖精的相处过程中，受伤的也总是妖精，人啊，人啊，你也太霸道了！

刘邦《大风歌》：

只有在故乡的高台上我才能找到胜利者的巅峰体验

返回故乡，在故乡叙述自己漂泊与奋斗的故事，是成功者永恒的情结。

在即将和阔别多年的家乡父老见面前，他感觉心头有一种异样的冲动：他将以王者的身份回到故乡，此情此景，他想作诗一首。

我深深眷恋着我的故乡，我是那一方土地的儿子，我渴望与家乡父老分享我的荣光。

大风起兮云飞扬！威加海内兮归故乡。安得猛士兮守四方！

——刘邦《大风歌》

返回故乡，在故乡叙述自己漂泊与奋斗的故事，是成功者永恒的情结。

故乡与游子最好的互动模式是相互欣赏，昨日我以故乡为荣，今日故乡以我为荣。前提是，游子须是成功人士。现在就有一位成功人士要回乡省亲了。他是原秦王朝泗水郡沛县丰邑中阳里人，曾担任过泗水亭长（约等于今天乡镇一级机构下面的派出所主任），现而今是天下最励志的成功人士——刘邦。他是新成立的大汉王朝的首席执行官——不，还不够，是皇帝，天下唯一人。今天，他要完成一个心愿，那是从他离开家乡、回首村头那一刻发下的誓言：来日定回乡，让你看一看！而且，必须是衣锦还乡。

刘邦在平定叛乱者英布以后，顺道回故乡沛县（今江苏沛县一带）老家看望父老乡亲，并计划把父亲接到长安居住。在即将和阔别多年的家乡父老见面前，他感觉心头有一种异样的冲动：他将以王者的身份回到故乡，此情此景，他想作诗一首。这首诗如此简练，以至于当时负责文宣的官员都得通过揣摩来理解。但即使千年以后，我们都能感觉到这首诗逼人的“牛气”，能感觉到诗人昂扬的激情，那是一种胜利者的巅峰体验，那是千年前的王者荣耀。

让我们走近他，体会一下，诗意是怎样从这位王者心里产生的。

该怎么来告诉千年后的汉家子孙，告诉他们我刘邦此刻的心中所感和眼前所见呢？蔽日旌旗，铁马金戈，城郭人民，匍匐众生，这一切此刻都不在我的眼中。什么叫目空一切，什么叫大气磅礴，后人能体会吗？我，是胜利者，是王者，我仰望长天，能够代表我心中浩然之气的只有一曲高歌——

大风起兮云飞扬！

此时此刻，风起云涌，山河辽阔；日月星辰，群臣拱卫；天下之大，我居其中；驾驭海内，舍我其谁！

写景就是抒情！我的心思，你懂吗？退一边去，喊“威武——”！

我成功了，我必须再一次登上高台，一如我当年开启刘姓大汉帝国时的宣言，我要向世界宣布，我是王者，荣耀归我！有炊烟处有我子民，有河水处布我恩泽——

威加海内兮归故乡。

我深深眷恋着我的故乡，我是那一方土地的儿子，我渴望与家乡父老分享我的荣光，只有家乡的证明才是最后的证明，只有家乡的认可才能让我得到此生的安稳。

我要好好招待全体村民，回报从前的百家饭，我要在村头的麦场一字排开大鼎大镬，用黄河大鲤鱼、沛县红烧肉招待我的父老乡亲，我要在故乡的高台上用乡音朗诵诗歌，发表演讲，我要在乡亲们的欢呼声中体会王者无敌。不要说我俗，其实我的对手比我有过之而无不及，他西楚霸王项羽曾感叹过：“富贵不归故乡，如衣锦夜行。”只是，他太着急了。

故乡是人的根本，是生命的源头，是我的老父亲所在。记得少年淘气时，父亲叹我不成器，我就在心里许诺过，也许我不是您最省心的儿子，但我一定是您最成功的儿子。我这次回来就是要接您老人家到首都居住，以便晨昏定省。您说，您习惯了乡音，离不开乡亲，那我就下令在长安重新打造一个新区，我让中阳里全体乡民都搬过去陪您，我要仿造一个和我们家乡一模一样的村庄，连村头的槐树也迁移过去，让家乡的鸡犬都认得回家的路。（据说，这一点还真的做到了，见《西京杂记》）现在，我要，我可以，我命令，让我的老父亲过上人间最好的生活，因为您曾为我牵挂太多。

也许当时的刘邦没有这么抒情，但思路大致如此，应该没错。

如果这首诗歌到此为止，只有两句，那可能无法归入历史名作的行列了，真正有帝王气象的是第三句：

安得猛士兮守四方！

沛县土烧也喝了，卡拉 OK 也唱了（当时叫作“击筑高歌”），我还想说几句，天下还没有太平，敌人亡我之心不死，创业难，守业更难，夺取政权十分艰辛，保住江山更为艰苦。在座的都是伴我出生入死的乡亲卫队，是我的兄弟兵和赤胆忠心的群臣，今天给大家再布置一个任务，大家都擦亮眼睛，敞开心胸，见贤思齐，逢贤必举，为我、为大汉王朝寻找天下猛士、国之干城，以平定叛乱，守护边境。

最后，我们作一点历史知识的补充。这首诗的写作背景如下：据《史记·高祖本纪》所载，刘邦在他称帝后的第十二年（即公元前 195 年）十月，平定了淮南王英布的反叛，返回时途经故乡沛县（今江苏沛县以东），在沛宫设置酒宴，款待父老乡亲，当酒喝得十分畅意的时候，他站起来击筑伴奏，乘兴唱出了这首历久不衰、交口称誉的《大风歌》。

汉乐府《上山采蘼芜》：

这位男士，如此普通，却如此自信

一千多年前，一座不知名的小山，有两个人狭路相逢，两人的身份比较尴尬——前妻和前夫。

“姝”是有文化地夸人漂亮，这恐怕也是前妻还恋着这个渣男的原因之一：这村里他最有文化。

但是读者您若是想穿越过去打抱不平，当面数落一下这个男人，他们可能联合起来，把你推下山。

上山采蘼芜，下山逢故夫。长跪问故夫，新人复何如？新人虽言好，未若故人姝。颜色类相似，手爪不相如。新人从门入，故人从阁去。新人工织缣，故人工织素。织缣日一匹，织素五丈余。将缣来比素，新人不如故。

——汉乐府《上山采蘼芜》

一千多年前，一座不知名的小山，有两个人狭路相逢，两人的身份比较尴尬——前妻和前夫。他们生活在同一个村子里，前夫已经娶了新人，而前妻一直单身[1]，独自上山，采摘蘼芜。

上山采蘼芜，下山逢故夫。长跪问故夫，新人复何如？

这次相遇，不是邂逅，不是践约，看上去是无意巧遇，但感觉女方是有意等待。总之，这一天，应当回避见面的两个人就是遇上了。虽说理应避嫌，但今天也是顾不得了，前妻“长跪问故夫”，有话要问。“长跪”二字，写出了姿态之敬，读者可以参考汉画像砖上的人物形象自己揣摩。

[1] 也有专家认为“旧人”已经再婚，但体会整首诗的情调，我们认为，前妻独身寡居比较符合这首诗口吻和所展示的情貌。

男方心里没底，你想问什么呢？问个好？没必要吧，搞得这么隆重。

有个问题在女方心里已经憋了很久，她一直想问一问前夫："你到底有没有在乎过我？"但见了面，想问，又担心自己讨个没趣，算了，还是绕个弯儿，问一问我那大妹子"新人"怎么样吧。说是关心也好，说是好奇也好，总之，听说你们很幸福，我没意见，我希望你过得好！我还想问什么就不说了吧，你懂的！毕竟我们在一起生活过不少年。

古人认为佩蘼芜可以多子，从"上山采蘼芜"这一句来看，女子很可能是因为婚后没有怀孕生子而被休弃的，女子还在采摘蘼芜，说明这个伤痕还没有愈合。这位男子知道前妻的痛点，看到她还在采摘蘼芜，心里一酸，我今天就给你个"好评"吧，说一说你的强项——貌美身材好（估计与天天爬山有关）。你若满意，那就是岁月静好，然后就可以山路朝天、各走一边了。为此，男子开门见山，给了个说法：

新人虽言好，未若故人姝。

"好"在古汉语中是漂亮、美丽的意思。首先，我不说谎，新人是漂亮的，我这里虽是二婚，也算双喜，这也是没办法，碰上了，假如你今天有看笑话的意思，立马打住，你知道，我是非美女不娶的。但一看前妻脸色变了，泪水在眼眶里打转，再看她还跪在崎岖的山路上，往日前妻的诸多好处一下子涌上心头：想当年，桃花灼灼的时候，我把前妻娶回家，一村的人都夸妮子漂亮，那也是一个"春风十里前村路，家家媳妇叹不如"啊。因此，点赞了新人后，男子立马加上一句"未若故人姝"，这话可以理解为是男子对前妻的安抚，但也是实话实说。"姝"是有文化地夸人漂亮，这恐怕也是前妻还恋着这个渣男的原因之一：这村里他最有文化。

男子以为一句话就打发了：我已经说了，还是你漂亮，行吗？可以让我走了吧。

女子破涕为笑——你这一招不知道玩过多少次了，以前在外拈花惹草，回来就用这一句哄我。我知道这是甜蜜的假话，但今天听来，却是那么温暖，我都感动了，我傻呀，改不了的傻。那我今天倒是要你说一说，你说我“姝”，“姝”在哪里？你说，我要你说。

男子也是聪明人，用不着拍脑袋，马上说出前妻的好处：

颜色类相似，手爪不相如。

你们两人容貌倒是差不多，但若是要比较持家之手，那还得夸你，纤纤玉手，又能织布，又能浆衣，下得了厨房，进得了厅堂。

男主人公应当是“妈宝男”类型，永远长不大，即使娶妻成家了，大主张还是由妈妈来定。而古代社会，喜欢媳妇的婆婆不会很多，熬了多少年，媳妇才提拔为婆婆，就等于太子登上了大位，岂能不耍一耍威风？加上女子婚后不育，也没有现代医学可以证明是谁的责任，可以想象，是在母亲的催逼下，男子休了旧人，娶了新人。

男子不敢久留，又想拔腿就走，但是女子还是不放他走。打住，你说了我这么多的好，为什么又把我休了呢？我可是“赖”在你们家直到最后一刻，看到你把新人迎娶进了俺家大门，才麻木地收拾着随身物品，从自己的阁楼里悄然离开。

新人从门入，故人从阁去。

这位男士不想回答，也无法回答这个问题，他换个话题，比较诚恳地“汇报”了当下的生活现状：日子其实依然平淡，也没有把新人“供养”在家里，新人休息了没多久就开始“洗手做羹汤”，操持家务，纺纱织布。

当然，什么时代有什么观念，和村里喜欢打老婆的张屠户、李长毛这些渣男相比，这个男子已然是一个脱离了野蛮落后的低级趣味的人，但还是摆脱不了那个时代的大男人的心理。你看他是如此普通，却如此自信。他要再一次来评判新人故人的短长，而且评判完全以自我为中心，把两任妻子都当作纺织女工，按劳动成果除以劳动时间，结合成品合格率和市场价格来逐一丈量，简直是古典家庭资本论的雏形：

新人工织缣，故人工织素。织缣日一匹，织素五丈余。

缣和素都属于绢类，素白缣黄，素贵缣贱。据考证，汉末一匹丝绢长四丈，宽二尺二寸。

这个男子对纺织市场行情把握贼准，在家里对妻子采用劳动考绩、监督使用的管理办法，简直是原始包工头啊。

同样不用避讳的是，那个时代的女子也往往以自己擅长的劳动技能作为立身的资本，“故人”听了这个评判，不会反感，反而很受用。因为男权社会的统治思想只能是男权的思想。

这个男子是个社会人，了解生活，了解市场行情，了解女子心理，精于计算，花言巧语，这样的人，在任何时代都活得比较滋润。

看到前妻频频点头，再次被自己“说服”，男子最终给了一个结论：

将缣来比素，新人不如故。

这是在评劳动模范吗？这男子是真小人，离了也罢。但是读者您若是想穿越过去打抱不平，当面数落一下这个男人，他们可能联合起来，把你推下山。

并不是每一段婚姻都能天长地久，古今皆然。有过不下去的日子，有续不下去的姻缘。但分手也不一定翻脸成仇，夫妻不成情意在。

汉乐府《上山采蘼芜》就是一首充满了人情世故的民俗诗。

这首诗是社会生活的真实记录，对认识当时的社会生活和社会心理很有参考意义。写了古代女子的贤惠与勤劳，也写了男权社会的不公道，作者不是有意批判，他无法超越时代，也没有男女平权意识，作者只是真实记录了一段分手夫妻偶遇时的对话而已。但放在女权意识觉醒的今天，这首诗，既可笑，也可乐！

魏晋南北朝篇

《七步诗》：

曹植“七步诵诗”典故辨伪

曹植的《七步诗》名气很大，但不一定是曹植的作品，或者说，一定不是曹植的作品。

“七步诵诗”典故明显带有佛教文化因素，推测是佛教徒创作的贬曹系列故事中的一个。

七步诗的作者也许姓刘不姓曹。

煮豆持作羹，漉菽以为汁。萁在釜下燃，豆在釜中泣。本自同根生，相煎何太急！

——《七步诗》

曹植的《七步诗》名气很大，但不一定是曹植的作品，或者说，一定不是曹植的作品。我们不妨采用常规的考证手段来做一次全方位诊断，以辨其真伪。

曹植“七步诵诗”的典故背景和内容为：黄初元年（220），曹丕篡汉称帝，他对曾经的王位竞争者曹植仍耿耿于怀，为此，他要求曹植七步成诗，否则便要“行大法”：

文帝尝令东阿王七步中作诗，不成者行大法。应声便为诗曰：“煮豆持作羹，漉菽以为汁。萁在釜下燃，豆在釜中泣。本自同根生，相煎何太急！”帝深有惭色。（南朝宋·刘义庆《世说新语·文学》）

一般认为，《七步诗》是用豆萁煮豆来比喻“同根”兄弟相残，表达了曹植对曹丕同室操戈的不满。因为文思敏捷，构思巧妙，一度入选各地中小学课本。

七步诗有好几个版本，典故和诗歌最早出现在《世说新语》之中，全诗有六句，至南朝梁萧统《昭明文选》选录这首诗的时候，出现了四句版本：

煮豆燃豆萁，豆在釜中泣。本是同根生，相煎何太急。

四句版本被小说《三国演义》所选用，由于《三国演义》流传更广，因此四句诗的版本比原来六句诗的版本更为人们熟知。

这个典故和诗歌都不见于正史《三国志》，明人冯惟讷于《古诗纪》中也指出："本集不载，疑出附会。"这是怀疑故事真实性的第一条证据。

《世说新语》讲述这个故事的时候，称呼曹植为"东阿王"，显然是不正确的。因为曹植被封为东阿王是在魏明帝太和三年之后，其时曹丕早就去世了。这是判定此诗为伪作的第二条证据。

这个故事主要情节的安排有悖情理，郭沫若说："过细考察起来，恐怕附会的成分要占多数。多因后人同情曹植而不满意曹丕，故造为这种小说。其实曹丕如果要杀曹植，何必以逼他作诗为借口？子建才捷，他又不是不知道。而且果真要杀他的话，诗作成了依然可以杀，何至于仅仅受了点讥刺而便'深惭'？所以此诗的真实性实在比较少。"[1] 这是第三条证据。

按史书记载，曹植也并非如后代文人塑造的那样意气用事。虽然曹操在世的时候，曹植比较任性，但曹丕继位以后，曹植尚能见机行事。兄弟关系不算融洽，但没有到兄弟相争、生死相逼的地步，曹植尚能委屈忍让，甚至多次献忠心，把曹操赏给自己的许多宝物献给了曹丕。曹

---

[1] 郭沫若《论曹植》，人民文学出版社，1979 年。

丕也不时赏钱赏马给曹植，哥俩表面上还是“欣笑和乐”的。这是第四条证据。

三国鼎立时期，曹魏屡屡被蜀、吴两方诋毁攻讦，比如吴国就有《曹瞒传》，专门编制小道消息，丑化以曹操为首的曹魏阵营。已经有学者指出，南朝刘宋时期，是历史上又一次反曹高峰时期。刘宋王朝自称是汉王的后裔，曹操、曹丕篡汉自立，那就相当于欺负了他们的祖宗，自然是恨之入骨。《世说新语》的作者刘义庆，算起来是刘宋开朝皇帝刘裕的侄子，他作书，对曹操父子肯定是不会有什么好话的。除了写“七步诵诗”典故编写曹植、曹丕的矛盾，他还写了曹操、曹丕争夺甄姬的故事，大都属于胡编乱造。《世说新语》本身是一个志人故事集，采集编造汉魏两晋以来社会名流的奇闻轶事，相当于古代版《故事会》。这是第五条证据。

第六条证据则比较复杂。“七步诵诗”典故明显带有佛教文化因素，推测是佛教徒创作的贬曹系列故事中的一个。

魏晋开始，佛教徒就加入了“黑曹”行列，一直延续到清代，如清彭希涑所撰《净土圣贤录》卷六记载了这样一个故事：

> 佛安，字誓愿，苏州人。年三十余，邻家杀猪，出其腑，有文曰曹操。

佛教徒直接编造故事，说曹操来世投胎成了被屠宰的猪。伤害性不大，侮辱性极强。

那么佛教徒为什么和曹操、曹丕过不去呢？

曹操信仰道教、利用道教，已是定论。曹操、曹丕执政期间，一直实行压制佛教的政策。曹操曾经两次（公元 193 年和公元 194 年）率军讨伐徐州，同时镇压了在徐州组织佛教活动的笮融和他的信众。

曹操施行的是屠城政策，与佛教徒结下了很深的仇恨，甚至可以说是血海深仇。

南朝刘宋时期佛教兴盛，刘宋皇族与僧人之间的关系是比较融洽的，宋武帝刘裕就与僧人有广泛的交游。到宋文帝元嘉年间，朝廷开始大力奖掖推崇佛教。《世说新语》的作者刘义庆是宋武帝刘裕的侄子，其崇佛之风亦受这两位帝王影响，《世说新语》就记录了40多位僧人的活动，他另外主持编纂的志怪小说《幽明录》和《宣验记》，也有大量的文学故事宣扬佛教教义，被鲁迅称之为“释氏辅教之书”。

这里还需要具体解释一下“七步诵诗”所包含的佛教文化因素。

首先，在这个故事中，为什么魏文帝曹丕要求曹植“七步”成诗呢？为什么不是六步、八步、十步呢？因为“七”这个数字在佛教文化中是“有意义”的数字。“七”代表东、西、南、北、上、中、下，代表圆满。佛教徒在持咒时一般是诵读七遍，“佛前忏悔”是七日，还有“七法”“七佛”“七步生莲”等说法。所以，《陈寅恪集·莲花色尼出家因缘跋》云：“据此，七之为数，乃规定不移之公式。”

而一出生就能七步诵诗又是佛陀前世作为太子降生的神迹故事，很多佛教经典都记载了这一传奇，言释迦牟尼世尊初降生，一手指天，一手指地，周行七步目顾四方云：天上天下，唯吾独尊。

《世说新语》的作者熟悉佛教经典，也有文学创作能力，他构思的邪恶小人曹丕虽然已经篡汉自立，但还是忘不了当年曹植与他争夺太子地位的过节。既然你曹植也曾痴心妄想要当太子，你必须有七步成诗的太子之才，我要你现在就表演给我看。因此有了这一“奇葩”要求。

编故事的人非常娴熟地运用了文学创作中的想象手法，但明显是以佛教中最流行的情节作为故事元素。所以，曹植“七步诵诗”典故应当是与佛教“有缘”的文人的创作，而刘义庆就最为切合这个身份。

另外，佛经中有不少地方以煮豆来比喻人世苦难，如《长阿含经》

描写人生在世的诸种痛苦："譬如煮豆，随汤涌沸。上下回转，中外烂坏。"《福盖正行所集经》卷五："命不久住，譬如釜中煮豆，弥满腾沸，复增干薪。"此处也用了煮豆的比喻，来写人世争斗带来的苦难。

以上论述为第六条证据。总之，"七步诵诗"的典故和诗歌很有意思，但不是才子曹植的作品，很可能是刘义庆的编造，或者是刘义庆改造了佛教徒编撰的故事而将其收入《世说新语》中。因此说，七步诗的作者也许姓刘不姓曹。

魏晋诗人：

美男子、打铁汉与翻白眼者？诗坛流派不大好分啊！

他是时尚界的大V，被粉丝们组团追逐，出门得像防“狗仔队”一样防他的粉丝。

如果说这是一股胭脂花粉流，那还有一股披头士“泥石流”，吸引了更多的追随者。

鲁迅是很严肃的作家和革命家，但他曾经练习过翻白眼。

诗词写作有流派之分，或者以内容划分，比如唐代有边塞诗派和山水田园诗派；或者以美学风格划分，如宋词有豪放派和婉约派，后来还有中和了豪放与婉约的雅正派。到了清代，常州词派已经有朦胧的文学为社会的意识，提出词要“重、拙、大”。总之，文学圈的人有个归类站队的问题，虽然拉帮不好，但自觉或不自觉地形成流派是文学史上的常见现象。小小的一个大观园，还要结社作诗呢。

然而，魏晋文人却很难分派分类。因为，那个时代太乱了，思想界也处在一个空前动荡的时期。虽然混乱的时代也可产生陶渊明那样伟大的诗人，但还有不少是混迹江湖的并不伟大的诗人。

由于人命危浅，不少人醉生梦死，既然活得太累，也不想“躺平”，那就“嬉皮”吧，于是出现了“中性男”一族，也就是大老爷们儿走中性化路线，甚至女性化路线，他们涂脂抹粉，妖娆缤纷。他们也有一大批粉丝，包括女粉丝，比如当时的第一美男子潘安（也就是潘岳），虽然其作《悼亡诗》流传千古，十分有名，但在诸多典故中，更有名的是他的中性优势。他是时尚界的大V，被粉丝们组团追逐，出门得像防“狗仔队”一样防他的粉丝，因为他哪怕是坐在车里，被发现后，粉丝们也会手拉着手把他团团围住（见《世说新语·容止》）。这可不是集体碰瓷，她们是真喜欢这“偶像”，还往他车上抛掷水果，比现在的韩国粉丝团还狂热。更过分的是，还有位漂亮的“哥哥”因为围观而死，他就是卫玠。卫玠好谈玄理，体弱多病，擅长清谈。就是这么一位弱不禁风的公子，因为看他的人太多，被女粉丝活活“看”死了。何晏在当时也算一个大学者了，留下来的有五言诗《言志诗》。何晏是时尚潮人，特别“会装”。魏明帝看他皮肤白嫩，怀疑他脸上涂了粉，就故意让他大热天吃热“汤面”。“汤面”也不是什么高档食品，就是面条、面疙瘩，魏明帝就是看不惯何晏的“装”，想让他汗流满面、“卸妆”露原形。但是，虽然大汗淋漓，何晏的脸色却更加白皙光洁，没用高档化妆品，看来这容貌是娘给的，没办法。

如果说这是一股胭脂花粉流，相比之下，还有一股披头士“泥石流”，吸引了更多的追随者。他们就是以“竹林七贤”为代表的阳刚派，这些人长啸的长啸，弹琴的弹琴，喝酒的喝酒，打铁的打铁……妥妥的“钢铁直男”。而且，名气大了，他们也不怕朝廷的监督。当权人士、魏国后期的“文胆”钟会也算有头有脸的人了，和一帮朋友去嵇康家里拜访，想和嵇康交个朋友，但嵇康和向秀忙着打铁，就当没看见。钟会等了一会儿，发现嵇康还是目中无人，转身就走，这时候，背后飘来一句：“何所闻而来，何所见而去？”钟会也不是善茬，撂下一句“闻所闻而来，见所见而去”，然后扬长而去。这话可充满杀机，但刀子不是还没到颈子边吗？嵇康和向秀还是接着喝酒，再打铁。

这个时候嵇康作的诗，常以玄远之姿态表示不合作，如嵇康《赠秀才入军》其十四：

目送归鸿，手挥五弦。俯仰自得，游心太玄。

要不然，就是像阮籍、刘伶那样，来个行为艺术表示抗议，如《晋书》卷四十九载阮籍：“时率意独驾，不由径路，车迹所穷，辄恸哭而反。”也就是以“路路不通”表达愤懑。而刘伶的行为艺术就更加现代——不穿衣服在屋子里撒酒疯。

阮籍算这群直男中的温和派，据《晋书》记载，就是他发明了翻白眼的技巧，遇到他不喜欢的俗人，他就吊起黑眼珠，翻起眼白，眼珠一动不动，视对方如无物。

鲁迅是很严肃的作家和革命家，但他曾经练习过翻白眼，这真是有趣！他在《魏晋风度及文章与药及酒之关系》里就承认过："白眼大概是全然看不见眸子的，恐怕要练习很久才能够。青眼我会装，白眼我却装不好。"说"装不好"，透露了一个信息，鲁迅是"装"过的，也就是练习过翻白眼的。他还写过两句诗："华颠萎寥落，白眼看鸡虫。"意思是：花白的头发也开始萎缩，只剩下稀稀落落的几根，但我还是要翻起白眼，蔑视那些争来斗去的小人。这就更加证实了他曾经练习过翻白眼，以此来表达对庸俗社会的不屑和反抗。看来，鲁迅认为，"翻白眼"看世界是一种很酷的表达。他还说过要"横眉冷对千夫指"，也是一样的意思，表达对人民公敌的不满与不屑，但"横眉"的技术难度更高，不信，你来一个试试。

当然，魏晋时代的这些中青年也不是一成不变，到后来他们就分化了，很多人离开反叛之路，走向社会，对人情世故有了更多的了解，也不再那么愤世嫉俗了，有的甚至主动配合晋朝政府的管理，因为，日子总得过吧。

除此以外，也有文人以玄论来写诗的，但写的诗实在不好玩，在这里就不举例了。

左思是当时的异类，其貌不扬却才华出众，他不是一味愤愤不平，他看到了社会的不公平，也揭露了社会的不公平，他的诗起到了为社会服务的作用，比如《咏史》其二的名句"世胄蹑高位，英俊沉下僚"就引起下层士子的普遍共鸣。

北朝民歌《敕勒川》：

北国风光的地理和文化坐标

没有忸怩作态，没有过门，没有装饰音，开口就低沉地吼，一下子把你吼到漠北草原。

这是北国风光的一个地理和文化坐标。

“风吹草低见牛羊”差不多等于“稻花香里说丰年”。

敕勒川，阴山下。天似穹庐，笼盖四野。天苍苍，野茫茫，风吹草低见牛羊。

——北朝民歌《敕勒歌》

北朝民歌《敕勒歌》，可以说是典型的北方汉子马背上的歌。

诗的开头首先展现了一幅阔大的地理图景：

敕勒川，阴山下。

比作绘画，就是大写意山水，没有预备和修饰，一上来就用如椽之笔勾勒出一马平川的大草原和背后雄峙的阴山山脉，无遮无拦，高远辽阔。放马过来，放眼过去，天地之间，只看到这草原和大山。这简洁的六个字，格调雄阔，既表现了北方的自然特点，也通过景物的选择与组合、审美化的关注，显示出敕勒民族雄强有力的特点。如果比作民歌，犹如蒙古族的呼麦，没有忸怩作态，没有过门，没有装饰音，开口就低沉地吼，一下子把你吼到漠北草原。

接下来以生动的比喻描写天地野合、无缝对接的大景观：

天似穹庐，笼盖四野。

“穹庐”就是蒙古包，是游牧民族的家，用它来比喻覆盖大地的天穹，既抓住了草原民族生活的特征，又很贴切地描绘了阴山下大草原不一样的光景，很贴切、很民族、很野趣。

天苍苍，野茫茫，风吹草低见牛羊。

目及之处，唯有天之苍苍，地之茫茫。叠词的形式，显示了天空之辽阔和深远，原野之无垠与延展。但这两句不仅是写景，也是游牧民族博大胸襟的显现。

最后一句是全文的点睛之笔，风过草原，无意掀起大地的盖头。让你看一看我的嫁妆吧，那是成群的牛羊，如天上的白云，悠悠荡荡。只一句就描绘出一幅殷实富足、其乐融融的草原景象。

这是一个北国风光的地理和文化坐标。

这首诗的审美意象就表现了北方游牧民族对生活方式的选择和文化的皈依，心有多大，眼界就有多大。这景象，与“南方心态”文人喜爱的“一勺西湖水”“杏花春雨”“小桥流水”不一样，虽然草原上也有小花小草，小情小调，但他们都会视而不见。在他们的心里，生活的背景就是苍天与草原。“天似穹庐，笼盖四野”，这就是我的家。

草原如此开阔，可以奔驰，可以厮杀，血与火、刀与剑、雷霆与风暴、血性与阳刚，阴山下的汉子属于战斗的民族，荣耀来自刀和剑。北方民族的形成与发展经历了反复融合的过程，铁马秋风，掺杂了太多的血与火的记忆，可以说，战争与民族同在。但是，不怕战争，不等于不热爱和平，比如，眼下这幅图景就是北方和平景象的长卷，如此和平，如此平和，来之不易，让人感慨生活的美好，感谢和平的美好，信马由缰，思绪飞扬，甚至会想到活着的意义、自然的恩宠，油然而生对天地万物的崇拜之情。

除了对和平的赞美，也有对富足生活的向往与满足。在恐惧和担心之中是很难有审美心态的，而古人，最担心的依然是基本生活保障，也就是食物的供应，就像南方人闻到稻谷香、看到鱼满舱就充满喜悦一样，游牧民族看到风吹草低见牛羊的景色，犹如“稻花香里说丰年”里的南方老农那样，喜滋滋的心情会油然而生。其实，对丰衣足食的赞颂是所有民族的基本心态，英语成语里也有一样的表达，只是因为生活习惯不一样，他们把鱼和米换成了牛奶和蜂蜜，所以鱼米之乡可以译为“the land of fish and rice”，但更加地道的翻译是“a land flowing with milk and honey”。

这首诗的写作方法十分高明，高明之处可以用两个字来概括：简单。可以说简单到不像一首诗，你甚至可以把它看作旅游景区的路标指示：如果你骑着马儿来到阴山下，一定会看到广阔的大草原，请再往草原深处走，你会看到远方的地平线，天似穹庐与草原连成一片。你仔细瞅一瞅，风掠过草原，那牛羊成群的地方，就是我的家乡，我就在那里等你来喝马奶子和青稞茶。

没有造作，没有虚饰，大白话写眼前景，但组合到一起，就是这么美。你突然发现，原来草原民族每天都生活在这种美好的环境中。

《责子》与《最高楼》：

陶渊明和辛弃疾比赛怼儿子

陶渊明将五个熊孩子组成一个家庭补习班，一个一个教训加补习，补习的是礼仪与思想教育，也包含了数学知识。

辛弃疾有个聪明而自私的儿子。小辛立志“啃老”，从小就想做富二代，经常鼓励父亲好好干，为国立功，为家聚财。

苏东坡这个老子，孩子们喜欢。

白发被两鬓，肌肤不复实。虽有五男儿，总不好纸笔。阿舒已二八，懒惰故无匹。阿宣行志学，而不爱文术。雍端年十三，不识六与七。通子垂九龄，但觅梨与栗。天运苟如此，且进杯中物。

——陶渊明《责子》

吾拟乞归，犬子以田产未置止我，赋此骂之。

吾衰矣。须富贵何时？富贵是危机。暂忘设醴抽身去，未曾得米弃官归。穆先生，陶县令，是吾师。　待葺个园儿名“佚老”，更作个亭儿名“亦好”，闲饮酒，醉吟诗。千年田换八百主，一人口插几张匙？便休休，更说甚，是和非！

——辛弃疾《最高楼》

中国传统伦理道德体系中，孝顺是人伦的基石，尊老爱幼是持家的传统，成功的家庭经营者能做到使家庭长幼有序，其乐融融。但不能说古代的父子关系都很融洽，因为父亲对孩子，特别是儿子，大多寄予厚望，而承担得起这份厚望的孩子不是太多，有的是生而愚钝，如陶渊明的五个熊孩子；有的是精明而不聪明，从小就知道做富一代太难，还是“躺平”做富二代吧，比如辛弃疾的某个儿子。

我们通过陶辛两首诗词来看一看他们是怎么“怼”儿子的。

陶渊明有一首《责子》诗，大约作于东晋安帝义熙四年（408），当时陶渊明四十四岁。写这首诗的时候，陶渊明的心情显然非常郁闷，因为眼前这五个孩子大概率都不成器。某一天，陶渊明喝了点浊酒，就把身边的五个熊孩子召集过来，组成了一个家庭补习班，一个一个教训加补习，补习的是礼仪与思想教育，也包含了数学知识。教训完了，又写了一首诗，以此为证，说明自己对孩子的教育从来没有放松过。

诗的开头先说自己老了：

白发被两鬓，肌肤不复实。

我的白发已布满了两鬓，肌肤松弛不再结实。这两句写人之老相很具体、很生动。感叹了自己的老相，就有资格来批评儿子们了。

先给五儿来个全体造型像：

虽有五男儿，总不好纸笔。

总的来说，咱们家孩子是不少，但都是吃饭的货，外面的人看我们家，那是一个丰满：有五个儿子啊，该喜上眉梢、笑得合不拢嘴吧？现实却十分骨感，只能嗤之以鼻——五个儿子，没有一个喜欢读书。

接下来一个个数落：

阿舒已二八，懒惰故无匹。

先说说你老大阿舒，多大啦，自己记得吗？十六岁，十六岁了！真是懒惰奇才，天下无敌。“故”，本来，一向。“无匹”就是“无匹敌”。但很巧妙的是，“匹”字的字形可以拆成“二”“八”两个字，也就是十六，这里用了拆字的修辞法。听一听，我骂人都这么有技巧，我容易吗？这是学问啊。

阿宣行志学，而不爱文术。

现在我来介绍一下“伟大”的老二阿宣。“志学”指代年龄，出自孔子“吾十有五而志于学”，也就是说，你阿宣快十五岁了。“文术”指文章学术。注意，我一视同仁，骂你老二也很文艺，我这是语意双关，到了“志学”的年龄而不志于学，你这是无追求青少年啊！

下面两个我一锅端：

雍端年十三，不识六与七。

雍、端是两个孩子的名字，他们都十三岁（可能为孪生兄弟）了，特点相同，就是“不识数”，也就是数学奇差，六与七都数不过来，这是不是外国孩子啊！ 真是“二”啊！我不偏心，骂你们也用了离合手法，六加七正好等于十三，这次能记住了吗？能不能长点心啊！我骂你们也是教育你们，顺便帮你们补习了一下数学。

按说，家家护犊子都是护最小的，但老五你实在令人失望：

通子垂九龄，但觅梨与栗。

老五“通子”，你也快九岁了，这个世界于你只一个“吃”字了得。“垂”是将近的意思。“觅”很精彩，写这位“通子”到处觅食，逮着就吃的贪吃相。我专门挑出“梨”这种水果，是要教育你，你还记得我给你们兄弟几个多次讲过的“孔融让梨”的典故吗？孔融四岁时就知让梨，而阿通九岁了却依然如此蠢笨贪食。其他几位笑什么？你们也好不到哪里去。

陶渊明将儿子一一数落了一番后，感到很失望：

天运苟如此，且进杯中物。

“杯中物”，指酒。假若天意如此，我生的都是瘪犊子，那也没有办法，我还能把你们送回去吗？还是喝酒吧。不要说我贪杯，酒精度数很低，也就是啤酒型饮料。

今天的家庭专题会到此为止，我有点上头了，得睡一会儿了。

像所有的父母一样，陶渊明可能低估了孩子的智商和努力，据陶氏后人记载，陶渊明的后代有一部分现居住在南京禄口机场附近的禄口镇，是在南宋年间为了躲避战乱迁移过来的，人丁兴旺，俊才迭出。所以，儿孙自有儿孙福，父母们不用太着急，补习班也就算了。

陶渊明退场，该辛弃疾登场了。

辛弃疾是另一种父亲的典型，他有个聪明而自私的儿子。小辛立志“啃老”，从小就想做富二代，经常鼓励父亲好好干，为国立功，为家聚财。这话平时听起来还挺暖心的，但是，后来辛弃疾想退休，这个儿子就很有意见，估计在家里撵鸡踢狗，摆脸色给“老子”看：您现在就想撂挑子啦，这也太不上进了吧？辛弃疾非常恼火，训了他一顿，再写了一首词，表达自己的失望，也让后人知道他也懂得教育要从家庭抓起。该词前有小序：

吾拟乞归，犬子以田产未置止我，赋此骂之。

序言不留情面，直接说明写这首词的用意就是教训不孝之子。此处用

“犬子”可不是谦称，辛弃疾希望将门出虎子，“生子当如孙仲谋”，无奈生虎不成，唯得犬子。辛弃疾儿女成行，这一位“犬子”指谁，不是很清楚。通常的规律是，越是娇惯越不成器，这么看，可能是《清平乐·村居》中的小儿：

大儿锄豆溪东，中儿正织鸡笼。最喜小儿亡赖，溪头卧剥莲蓬。

这个“小儿”已经初显“无赖”本色，哥哥都在劳动，他卧剥莲蓬，看来是坐享其成的料，加上年龄最小，担心父亲退休以后自己生活质量下降，出门也无法再吹嘘“我爸是老辛”，因此在家闹腾，闹得辛弃疾很烦，忍不住连连呵斥。

开头感叹，我老了，我倦了，我想抽身退步了，这是我的选择，难道我没有退休的权利吗？我不想苦苦等待富贵的那一天，“富贵是危机”这句话很现代，也很古典。接下来引用了两个人生导师的典故，一个是汉代穆生见微知著，及时抽身退步而保住性命的故事：《汉书·楚元王传》记载，楚（元）王刘交是刘邦的同父异母兄弟，善于收罗人才，他一次性招聘了穆生、白生、申公三人（也是刘交早年的同学）为高级参谋，待遇都是中大夫。刘交对人才不仅态度恭敬，而且，很注意细节呵护，比如穆生不胜酒力，刘交开宴时，特地为穆生“设醴”，相当于配置能量饮料。后来刘交的孙子刘戊为王，依然聘用这三位做高参，但有一次设宴忘记了为穆生单独“设醴”，穆生回家以后就自言自语：我该走了，不设饮料，也不是大事，正好减少糖尿病风险，但从这个细节安排来看，说明楚王已有怠慢之心，再不走，有什么事发生就不好说了。穆生称病辞职后，刘戊果然翻脸不认老师，白生、申公被罚作苦役，刘戊自己后来也参与七国之乱，真的应验了穆生的预言。另一位是大家都熟悉的人物，东晋彭泽县令陶渊明，他不肯为五斗米折腰，早早弃官归隐田园，自得其乐，留名千古。

这两位大佬都是名人，也是哲人，有思想、有见解，对自己的进退有战略规划，辛弃疾把这两个大牌拉出来作证，支持自己的退休计划，底气就足。

其实，朝廷对辛弃疾这样家庭成分有问题（爷爷当过“伪政府”官员）的“归正人”一直不怎么信任，他率领北方义军归顺南宋以后，并没有机会领军抗金，只是在地方做文职工作，并且不断调任，做了几任很不安稳的中级官员，处处被人排挤，还多次被人弹劾而罢官，或停职留薪，赋闲的日子超过了工作的日子。宋光宗绍熙五年（1194）夏，辛弃疾知福州兼福建安抚使，因不满官场污浊，加之身体不佳，有了主动辞官回乡的想法。官场的江河里，个体的小舟是说翻就翻的，再干下去只怕灾祸不期而至，还有什么“富贵”可言？这一层“保命”策略主要是从穆生那里学来的。再说，以个体的尊严去换取“富贵”，精神伤害很大，我也曾是“沙场秋点兵”的有尊严的将军，不可委曲求全。“田园将芜胡不归”，此处不留爷，爷到乡下去，老夫拿定主意要归隐了。这是从陶渊明那里学来的。

下片开始托出自己的退休计划：

> 待葺个园儿名“佚老”，更作个亭儿名“亦好”，闲饮酒，醉吟诗。

以美好的乡村建设和和谐的家庭生活为愿景，给不知远近、不知深浅的蠢儿子交个底，我们家虽然谈不上大富大贵，但粗茶淡饭，凉亭加菜园还是有的。宋代文人士大夫待遇不算差，退了休也有一份薪资，你个“犬子”到底还想要什么，难道让你的老父亲因为贪恋富贵而遭无妄之灾吗？难道你爹能安享美好晚年不是你们最大的幸运吗？

辛弃疾用的是“雅言”，也就是高知语言体系，蕴藏不少成语典故，“犬子”未必理解，于是又调转笔头，用“普通话”直接训示儿子：

千年田换八百主，一人口插几张匙？

君子之泽，五世而斩。穷不过五服，富不过三代，天下没有铁打的产业，多置田产又有何用？无非多一些“败家子”，多一些卖田郎！“良田千顷不过一日三餐，广厦万间只睡卧榻三尺。”一个人也就一张嘴，你能同时插得下几个调羹？

便休休，更说甚，是和非！

给我打住，你个臭小子，懂什么是非对错，哪里凉快哪里待着去。

如果说陶渊明教子主要是讽刺，用的还是斯文讲究的言辞，辛弃疾就直接火爆开骂“犬子”“滚一边去”（“便休休”），表现出武将脾性。看来，文武之道，还是有差异的。

虽是武将，但这里是用诗词来表态，必须“有文化”地骂人，所以，辛弃疾的词中也用了不少典故来述志表态，但用典用得很高明，如盐入水，不着痕迹，像家常话，甚至看不出是用典，比如开头一句“吾衰矣”——我老了啊。这是大白话，是口语，这有什么深奥之处？但某一天你若翻阅《论语》，你会发现，原来这话孔子早就用过了，《论语·述而》：“子曰：甚矣，吾衰也！”第二句“须富贵何时”也是有来历的，出自杨恽《报孙会宗书》：“人生行乐耳，须富贵何时？”“富贵是危机”则见于《晋书·诸葛长民传》。

辛弃疾用典故来教训儿子，估计是对牛弹琴，他儿子如果这么有学问，估计不会世俗蠢笨到这个田地了。辛弃疾是写给儿子看的，也是写给后人看的，可能也是给那些官场同僚，特别是那些狗苟蝇营、贪恋富贵者看的。

当然，老子学问太大也不好，总是觉得儿子傻。这方面，还是苏东坡比较豁达，在贬谪黄州期间，苏轼为儿子“洗三”之际写下《洗儿戏作》(一作《洗儿》)：

> 人皆养子望聪明，我被聪明误一生。惟愿孩儿愚且鲁，无灾无难到公卿。

苏东坡这个老子，孩子们喜欢。

隋唐五代篇

王勃《送杜少府之任蜀州》：

一场感动千古的公务员调任离别仪式

唐代文人的发言基本是以诗歌来完成。

少府是县一级的官员，职位不高，但好歹算是走仕途的人，属于公务员队列。

这首诗张弛有致，高高举起，缓缓结束，抒情到位，说理含蓄，确实是一首送别诗中的高考示范作文。

城阙辅三秦，风烟望五津。与君离别意，同是宦游人。海内存知己，天涯若比邻。无为在歧路，儿女共沾巾。

——王勃《送杜少府之任蜀州》

在盛唐即将来临的历史时刻，一对好朋友，也是命运共同体的好朋友，带着些微的悲伤，在时代宏大气势的烘托下，将一场公务员调任的悲伤离别酿成了感动千古的壮行。

杜少府是王勃的朋友，受皇命调遣，从京城长安调任蜀州（今四川崇州）任县级地方官。“少府”，是唐朝对县尉的通称。相比唐朝长安城的繁华与政治地位，这应该是一次类似于支援边远地区的安排。从长安调往蜀州城市，杜先生免不了会有些失落与伤感。作为同事和朋友，在送别杜少府的联谊活动上，王勃或受组织委托，或自告奋勇做了一个主题发言，表示了自己对同事远行的依依不舍，但重点是鼓励年轻人要眼界远大，看好前程！唐代文人的发言基本是以诗歌来完成，这首诗的两句豪言壮语成了流传千古的送行壮语，无论是大学生毕业还是好朋友调动，我们首先想到的题词就是“海内存知己，天涯若比邻”。且从全诗逐一说去。

城阙辅三秦，风烟望五津。

这两句是写景，由近而远，从目前景物延展到远方山河。“城”，古代主要指城墙，“阙”，指宫阙。“城阙”，是首都的标志性建筑，代指唐朝帝都长安城。“三秦”，指大首都圈长安附近的关中一带。秦末项羽曾把三个秦朝降将分封在这一带，所以后世称它“三秦之地”。“辅”，辅佐，护卫。开头写送别的地点，略去其他景物，推送出“城阙”二字，凸显帝都的雄伟和气势，再辅之以开放阔大的三秦之地，一下子就把送行的“排场”做大了，好像整个长安和关中都在为朋友送行。

“五津”指四川省岷江的五个渡口，代指四川蜀州。远远望去，但见四川一带风烟苍茫无际，这自然是想象中的景物。这一句说的是杜少府要去的处所。因为朋友要从长安远赴四川，这两个八竿子打不着的地方就在感情上自然发生了联系。诗的开头不说离别，只描画出这两个地方的形势和风貌，牵挂与祝福就自然在其中了。上一句眼见为实，下一句想象为虚，远近交替，虚实结合，对仗也很工整。当然，开头就对仗，与后来大多限定在颔联与颈联对仗的律诗有所不同，因为这是初唐，律诗的格式还没有完全定型，所以开头一联就对仗，倒也别有特色。

与君离别意，同是宦游人。

毕竟是送别，免不了有伤感。这两句扣住题目的“送”字来写。“与君离别意”的意思是，你我都是同类人，你的痛我懂。为什么说是同类呢？下一句是解释：同是宦游人。宦，也是官的意思，“官”“宦”一体，宦游人就是接受调遣、流动性很强的公职人员。客居京都，同是离乡背井之人，这已经含有一重伤感；彼此在客居中又要话别，这是第二重伤感。这两句好像用词平淡，但平淡后面包含的人情体贴和官场心理，却值得细细玩味。

首先，要摆正身份，“同是宦游人”，就要赴皇命、听调遣，这是提醒对方要从思想上与朝廷安排保持一致的高度来排解个人情绪，并以此安慰对方。但这句话还有另一层安慰之意。少府是县一级的官员，职位不高，但好歹算是走仕途的人，属于公务员队列。在古代，多少人皓首穷经，不就是为了学而优则仕，混个官衔吗？“宦游人”三个字，举重若轻，不经意中有意思，也只有同道中人才能领会。

但好朋友杜少府去远在蜀地的县级单位任职，确实不算美差，因为唐代已经有“京都向心力”这个潜规则。什么意思呢？就是大家都想到京城做官。你想一想，在州县一级的机构，得熬一辈子，熬死一大批人，才能拿到个“尉”“丞”之类的职位，听起来是“局级干部”，这也就等于京城的科级干部啊。唐朝的长安还是世界第一大都市，万国衣冠，不仅有一百零八个小区（一百零八坊）、两个大型的集市（东市、西市），还有专门为有钱人开设的西域风格的酒吧（酒肆），有胡姬劝酒，潇洒之人李白就经常光顾。这么一想，离开京都确实是很伤心的事，怎么安慰朋友呢，有什么大词能够安慰朋友呢？怎样来提高眼界、开阔心胸，从离别的忧伤走出来呢？因此就逼出了下面两句，也就是流传千古的名句：

海内存知己，天涯若比邻。

隋之前，中华大地，战乱频仍。到了初唐，中国不仅完成了一统疆域，而且即将进入历史上少有的盛世，诗人作为时代最敏感的报春者，感受到了三秦大地的暖意，因此笔下很自然地融进了初唐气象。这两句气势确实够大，笔健意豪：天涯和诗意在远方，也就在伸手可及的地方，你我都是青年，已经步入官场，友谊与诗意同在，前途与国运一色，我们不必伤感。

话已经说到这里了，豪情壮志也已经抒发了，接下来，还是回归到送行这个主题：

无为在歧路，儿女共沾巾。

无为，即无须、不必。歧路，即岔路，古人送行常在大路分岔处告别。沾巾，指泪水沾湿衣巾。

说“无为”，也就是不必，但也说明已经伤感了，忍不住伤感了。“共”字巧妙，不仅你伤心，我也伤心，写的是伤感，表达的是理解和友谊。这是对朋友的叮咛，也是自己情怀的吐露。

这首诗张弛有致，高高举起，缓缓结束，抒情到位，说理含蓄，确实是一首送别诗中的高考示范作文。

贺知章《回乡偶书二首》：

一位荣休高干的故乡行

贺知章称得上是真正的大唐“荣休高干”。

荣休回乡，这不但是好运气，也需要有运筹人生的大智慧，这种智慧的核心要素就是要有大局观，说话不违和。一句话：当官的要像个当官的。

贺知章遇到的这孩子就是聪明，就是配合。“笑问客从何处来”，给您一个自然炫酷的机会。

少小离家老大回，乡音无改鬓毛衰。儿童相见不相识，笑问客从何处来。

离别家乡岁月多，近来人事半消磨。惟有门前镜湖水，春风不改旧时波。

——贺知章《回乡偶书二首》

唐代诗人贺知章退休后写过《回乡偶书二首》，诗中除了感叹人生，仔细品味，还有一种雍容大度的古代高干风范。

贺知章称得上是真正的大唐荣休高干。

贺知章工作和退休，都选择了最好的时候。他在武则天执政时期进入官员队伍，虽然仕途上起步较晚，三十七岁考中进士，五十三岁被授予国子四门博士，但架不住他人缘好，不犯错，因此稳步升迁，直到八十岁高龄还被授予职责权不大、但荣誉性极高的太子宾客。贺知章的一生都基本上生活在中国历史上少有的承平时代，特别是盛唐开元年间，这是大唐最好的青春岁月，也是中国历史的高光时刻。

天宝三载（744），八十六岁的贺知章申请退休，获得批准，他在京城二环内还有一套大宅子，离京时，捐给了宗教事务局（尚书省礼部下属祠部，一度划归鸿胪寺）属下的道观（一说捐出的是他家乡的房产）。

回乡之前，朝廷专门为他组织了一个大型的送别活动，唐玄宗亲自写诗送行，一首不够，再写一首，这是贺家八辈子积德的福报啊！更加实惠的是，皇帝还把越州镜湖赏赐给他，以作为私家花园的一部分。

贺知章在京都期间，不仅工作稳定，文化上有创造，生活上也优哉游哉，他喝酒，写诗，写了诗再喝酒，“吴中四友”“饮中八仙”“仙宗十友”这样的有影响力的民间社团组织都有他的身影。因为不担心粮价房价，所以，遇到心仪的朋友，他敢于解下拴在裤带上的金龟换酒喝，这种潇洒是需要底气的。

贺知章不仅身份高，名声也非常大。对于当时的文人来说，贺知章给出的评语就是“一口价”，比如他一见李白，一见到李白模样，一听到李白诗句之狂，立马邀他一起喝酒，喝高了，就夸李白为“谪仙”。从此，李白就一辈子带上了“谪仙”的标签，弄得他不表现得仙风道骨都对不起贺知章似的。

古人生命周期比较短，“人生七十古来稀”，活到八十就更为不易了。作为一个高干，贺知章不仅长寿，还能够平安落地（毕竟武则天时代有一段时间告密成风，人人自危，他退休之时，大唐也有山雨欲来之忧，可见他时间点踩得很准），荣休回乡，这不但是好运气，也需要有运筹人生的大智慧。这种智慧的核心要素就是要有大局观，说话不违和。一句话：当官的要像个当官的。

贺知章在致仕回到家乡以后写下了《回乡偶书二首》，虽有沧桑之感，但亦不乏一个曾经的大唐高干的雍容大度和说话的“分寸感”。

第一首诗写作者久客他乡，回乡时鬓毛已衰的伤感，家乡人都不认识自己了；第二首诗抓住了家乡的变与不变、物是人非的对比，流露出作者对生活变迁、去日苦多的感慨与无奈之情。

虽然是荣休，但未免有些伤感。退休预示着人生仕途追求已到终点站，所有的荣耀与传说都将打包封存。回到家乡，你将收获很多亲情和乡音，但也避不开邻里争讼之类的狗血情节，与民间土豪乃至斗升之民纠缠不清。故乡将不再制造关于你的神话与传说，你脱下官服的同时，也卸下了庄严与威风。要说没有丝毫伤感，也是不真实的。

但贺知章这两首诗，虽有人生转折期的感叹，但绝没有“穷矬大”的失落和焦虑。这不仅仅是因为唐代官员可以享受半薪退休待遇，也不仅仅是因为他家底丰厚，更主要是得益于他骨子里养成的达官气度。

比如，他不需要炫耀。当今皇上已把镜湖赏给了我，从此，它就是我的私家园林的一部分了，我用得着高调宣讲吗？自然有识趣的地方官吏告示通知。我只是说：

惟有门前镜湖水，春风不改旧时波。

你体会一下，我说的是大自然的可爱和永恒，我感慨的是“物是”，我询问过地方政府什么时候给我发地契了吗？我关心过湖边造别墅的楼层限制了吗？我会那么 low（低档）吗？

贺知章回乡，有皇帝带头欢送，家乡长官自然会组织盛大的欢迎仪式，地方缙绅、社会名流都会趋之若鹜，但在贺知章的眼里和笔下，一概看不见，一概不入诗，只单挑一个儿童来“说事”：

儿童相见不相识，笑问客从何处来。

也不知道有没有排练，反正贺知章遇到的这孩子就是聪明，就是配合，“笑问客从何处来”，问的是：“大爷，您是从哪里来的，怎么我们这个村旮旯里没有见过您啊？”给您一个自然炫酷的机会，讲一讲当年自己发奋读书、走出乡村的励志故事。讲一讲京城的繁华，讲一讲当朝皇帝是怎么安排盛宴、皇榜诏书下令百官都到东南城门外欢送的故事。

这孩子就属于缙绅愿意看到的良民子弟，不惹事，能凑趣，让人省心，日后不会到我镜湖别业偷鸡摸狗、抓鱼捞虾，他们就不像杜甫笔下的南村儿童，那可真是一个顽劣："南村群童欺我老无力，忍能对面为盗贼。公然抱茅入竹去，唇焦口燥呼不得，归来倚杖自叹息。"（杜甫《茅屋为秋风所破歌》）当然，杜甫当时也是气急了才会下此重笔，批评毛孩子。

以上对贺知章《回乡偶书二首》的解读也可能是当代穷酸文人对古代富贵文人嫉妒而产生的"误解"，可能当年贺知章根本就没有这些"小九九"，他只是感叹退休回乡的寂寞和沧桑：老朋友大多已经驾鹤西去，而小孩，却根本不认识我，人生啊人生。

诗有别解，相由心生，这么说，吾等尚需加强修炼，宽以待人，端正读诗。

张若虚《春江花月夜》：

大唐平安夜里的宇宙之问

最高的夸奖是不许别人夸奖。

在神奇的永恒面前，作者只有错愕，没有憧憬，没有悲伤。

起用出生法，将春、江、花、月逐字吐出；结用消归法，又将春、江、花、月逐字收拾。

春江潮水连海平，海上明月共潮生。滟滟随波千万里，何处春江无月明。江流宛转绕芳甸，月照花林皆似霰。空里流霜不觉飞，汀上白沙看不见。江天一色无纤尘，皎皎空中孤月轮。江畔何人初见月，江月何年初照人。人生代代无穷已，江月年年只相似。不知江月待何人，但见长江送流水。白云一片去悠悠，青枫浦上不胜愁。谁家今夜扁舟子，何处相思明月楼。可怜楼上月徘徊，应照离人妆镜台。玉户帘中卷不去，捣衣砧上拂还来。此时相望不相闻，愿逐月华流照君。鸿雁长飞光不度，鱼龙潜跃水成文。昨夜闲潭梦落花，可怜春半不还家。江水流春去欲尽，江潭落月复西斜。斜月沉沉藏海雾，碣石潇湘无限路。不知乘月几人归，落月摇情满江树。

——张若虚《春江花月夜》

有一首唐诗，诗人闻一多为之倾倒，甚至崇拜到不许别人夸奖，因为，“在这种诗面前，一切的赞叹是饶舌，几乎是亵渎”（闻一多《唐诗杂论·宫体诗的自赎》）。你见过这么夸人的吗？

但是，这首诗曾经千年孤独、默默无闻，一直到近现代，才被发现和再发现。它就是唐代张若虚的《春江花月夜》。

从前，导师给我们讲唐诗宋词，对于特别精彩的诗词，老师往往不作字词分析，而是吟哦一遍或数遍，然后，情不自禁地感叹：“好哇！

好哇!”我们或莫名其妙，或悉心揣摩，自己去体会诗歌的“好处”，时间长了，在简单的吟诵中也慢慢领悟到，老师说的好诗词，都是精彩之作，也体会到，有些“好”，不是语言可以传达的，主要靠自己感受和体悟。

《春江花月夜》就是一首需要读者自己来感悟的好诗。

唐人选唐诗的选本有十多种，没有一个选本青睐这首诗。明中叶以前,《春江花月夜》基本上默默无闻。清朝以来，有较多诗评家予以关注，清人王闿运在《论唐诗诸家源流》中盛赞这首诗道:“张若虚《春江花月夜》用《西洲》格调，孤篇横绝，竟为大家。”“宫体之巨澜也。”

《春江花月夜》本来是六朝与唐初流行的宫体诗的代表曲目，一般评论认为属于靡靡之音，萎靡到没有血色。闻一多在《唐诗杂论·宫体诗的自赎》中还说:“宫体诗在唐初，依然是简文帝时那没筋骨、没心肝的宫体诗。不同的只是现在词藻来得更细致，声调更流利，整个的外表显得更乖巧，更酥软罢了。”他甚至用了一个很出格的判断:“这又教人疑心这辈子人（写宫体诗的人）已失去了积极犯罪的心情。”这是一句不像诗评的话，翻译成白话，闻一多认为这些人已经“被阉了”。近当代有不少专家已经指出，张若虚用的是《春江花月夜》的宫体旧题，但与原先的情调已有很大的不同。张若虚这首诗“出宫体而不染”，洗尽铅华，清丽动人，风格由萎靡而振起，格局由闺阁而山河，拓展了诗歌写景抒情的境界，它是由齐梁绮丽浮华之风转向盛唐自然清丽文风的一面旗帜。所以，闻一多直接用“宫体诗的自赎”作为题目，这一句夸得有点狠!

但对这首诗价值的发现并没有到此为止，闻一多再次发现了它，并给予更高的评价，将这首诗称为“诗中的诗，顶峰上的顶峰”。

为什么闻一多给予这首诗这么高的评价呢?

我认为，闻一多推崇《春江花月夜》，与他深厚的学养和创造性见识有关，也与他“矫枉必须过正”的激烈态度有关。他是一个永不老去的热血青年，情绪激烈，爱憎分明。他爱之切，也恨之深，比如，他将旧时代的中国比作一潭“绝望的死水”，恨不得索性要泼进些破铜烂铁，让它彻底腐朽而再生，但内心却藏着那“点得着火”的“一句话”，这句话就是“咱们的中国”！

对传统文化，他也是一方面痛骂那些腐朽没落的东西，另一方面也在积极寻找中国文化的“风骨”和中国文化所包蕴的“普世价值”。他提出“当恢复我们对旧文学底信仰”以提振民族自信[1]，他希望外部世界对中国文化之价值有新的认识，也期盼中华文化与欧美文化一道并列于世界文化之巅。

所以，他对宫体诗的萎靡不振特别反感，骂得也特别狠，而一旦发现张若虚用宫体旧题《春江花月夜》写的这首诗阳刚振起、意境开阔，他立刻感到异常兴奋。同时，近现代西方哲学家追随他们的传统，重视哲学层面对天地自然、人类来历、时间起源的追问，而中国古代文人虽然也有对人生意义的追问，但大多属于社会层面，主要是对功名的关切，或上升到修齐治平，不大关心宇宙自然来历。所以，近代文化学者普遍感叹，中国文化中缺少超越个体、追问存在意义的作品，也就是缺少“宇宙之问”。而闻一多发现《春江花月夜》这首诗就包含了对宇宙、人类、时间起源的追问：“江畔何人初见月，江月何年初照人。”具有“更夐绝的宇宙意识”，因此热血沸腾，立马以诗人的热血和才华判定：“这是诗中的诗，顶峰上的顶峰。”

我认为，这一“顶峰”级的评论与闻一多持有的振兴传统文化的积极态度有关，加上他深厚的古典文学根基和独特的理解，这才导引出了对《春江花月夜》的价值再发现。这个发现本身就很有价值，而且，闻

[1] 见闻一多《女神之地方色彩》,《创造周报》第 5 号，1923 年 6 月 10 日。

一多的表达也很有感染力，凭借他的诗人气质和文化研究的成就，他登高一呼，立刻获得群山回响。很多诗词研究专家都惊叹闻一多的这一发现，当代美学大家李泽厚在《美的历程》卷七《盛唐之音》中，也是从哲学之思来解读这首诗的高明处，并多处引用闻一多的评说，吸引了广大读者的注意力和赞叹。

所谓宇宙之问，也就是“我们从哪里来”“世界从哪里来”，这些问题确实是重要的哲学命题，但更多的是基于自然科学研究而上升为哲学命题。其实，中国文化另有自己关切的社会人生相关的哲学命题，主要表现为对人生短暂、江山永恒的哲学之问：天地为什么要设置这样一种安排，江山风月可以永存，而有生物体之存续若“刍狗”（老子《道德经》）？为什么人类不能与天地齐寿？如唐刘希夷《代悲白头翁》“年年岁岁花相似，岁岁年年人不同”，宋苏东坡《赤壁赋》“哀吾生之须臾，羡长江之无穷”，明杨慎《临江仙·滚滚长江东逝水》“是非成败转头空。青山依旧在，几度夕阳红”。这才是传统悠久的中国文人的哲学之问。因此，只是因为张若虚的《春江花月夜》包含了“江畔何人初见月，江月何年初照人”这两句，就判定其为中国诗歌的“顶峰上的顶峰”，有一点意气用事。若不是当年学界普遍以西方文化为标杆，若是以今日文化自信的态度来审视，中国古典诗词中的好东西多着呢。

我们并不否认《春江花月夜》开时代风气之先的创造性贡献，也不否认闻一多价值发现的意义，并认可“宇宙之问”给这首诗增加的“夐绝的宇宙意识”，但我们认为，这首诗更大的价值在于，以极其开阔的画面、缠绵回环的文思，借描写春江花月夜之景色以及游子思妇的迷思，以一种诗意的方式传达了令后人向往的大唐气象—— 一个时代特有的开阔、宁静和富足以及因此而造成的迷人的惆怅。这种带着青春气息的迷人的惆怅弥漫在盛唐来临的前夜，弥漫在春江花月夜，加上诗歌中包含的宇宙之问形成的风骨，使得这首长诗既阔大亦深邃，既有“格调”也有“气象”。

我们需要对这种青春的迷惘作进一步阐述。

汉以后、唐以前，中原大地战争绵延，民不聊生，如“三国杀”之后，全国人口减少过半，这是非常残酷的现实存在。即使是帝王之家，也很少有条件心安理得地享受富足而平静的生活，焦虑和恐惧笼罩着全社会。而宫体诗就是一种躲起来的游戏诗歌，闭着眼睛不看外面的世界，就在宫廷与庭院里过一天算一天，喝了一杯，再来一杯，让靡靡之音掩盖远处传来的隐隐的马蹄声与刀剑撞击声。

当时社会其他群体的心态，也大多都是想找个平安的天地躲起来，哪怕是很小的一块地方，只要远离战争和动乱，就是太平世界，最典型的就是“桃花源”。“桃花源”是理想的藏身之地，远离战乱纷扰，空间上是封闭的，自成一体，“太守即遣人随其往，寻向所志，遂迷，不复得路”；时间上也是封闭的，“不知有汉，无论魏晋”，空间和时间都与世隔绝。

六朝开始，诗歌已经开始描写山水自然，但格局太小，这也与政权长期割据一隅的心态相适应，而《春江花月夜》描写的却是一个格局阔大到迷惘的大唐南方水域的夜晚：芳甸开满了鲜花，游子在月色笼罩的江上赶路，有思念，但没有恐慌；江边高楼上，衣食无忧、玉手卷起珠帘的富家女子以美丽的伤感、甜蜜的忧愁在表达相思。你可以说它还不够积极向上，不够“硬气”，但对于经历几百年战乱的世人，那是多么令人着迷的时代啊。月光下的阔大世界如此平安幸福，如此宁静，这就是盛世平安夜啊。

总之，《春江花月夜》这首诗，以广阔而深邃的图景，拓展了唐人视野的宽度和哲学的深度，从闺阁到江河，从江河到宇宙，从眼前到洪荒之初，一个充满青春迷惘的宏大时代就要来临了，中国的古典文艺复兴时代就要来临了，李白、杜甫、王维、贺知章、张旭都要来到这个时代了。虽然不是永久，但我们曾经拥有。所以，这首诗具有震撼力，也充满了迷人的魅力。

在整体发掘了《春江花月夜》的诗作价值以后，我们再来仔细赏析这首诗的艺术特色、写作技巧、隽永情调。

这是一首旧题新唱的诗歌，以月亮作为贯穿全诗的主体和场景推移的线索，整首诗由写景、说理、抒情依次展开，大致可以分为两部分，前面十六句写“春江花月夜”的“美色”，追问大自然的来历和由此“招引”来的宇宙迷思，后面二十句抒写月下游子思妇的“心思”，探讨人生追求的意义。

全诗三十六句，四句一韵，平仄交替，九个段落，回环往复，形成一个古锦新织的九连环。

以下以四句为一个段落，逐层分析。

春江潮水连海平，海上明月共潮生。滟滟随波千万里，何处春江无月明？

春天的江水是饱满的，当春潮涌动时，人们感受到的是一种充盈的生命力。诗人目光所及，见到开阔的江面无限延伸，似乎看到春江与大海相连。“共”字写江水与明月相互“提携”映衬的作用；“生”字将自然景物人格化，赋予了明月与潮水以活泼的生命。

“滟滟”是波光荡漾的样子，但“滟”不同于“艳”，加了水，就“艳”得有格调、有风度，丽而含清。诗人看到，随着江水的波动，这清丽之光跃动于万千江河之上。因为明月照耀，天下大同，今日之域中，“何处春江无月明”？明月会普照每一条江河，而天下所有的江河都是明月的安放之处。这开头一问，问得开阔，问得温馨，问得有情，也问得深奥。

开头四句，已经托出“春”“江”“月”，而“夜”也就自然包括在其中了，中心意象是月潮共生和处处春江处处月的宏大图景。这种开阔的画面，从审美心理学的角度看，应该是诗人心态与时代心态的“共生”。同一时代或稍晚一些的其他诗人也已经感受到了盛唐将临的气势，不管是悲还是喜，个体是得还是失，诗歌诗境之开阔，气势之宏大，思想之深邃，已经超出六朝许多，如陈子昂《登幽州楼台歌》：“前不见古人，后不见来者，念天地之悠悠，独怆然而涕下。”虽是悲伤，但思想深邃。王勃《送杜少府之任蜀州》之“海内存知己，天涯若比邻”，无论是眼界或见解，都有前朝无法比拟的开阔高放。张九龄《望月怀远》“海上生明月，天涯共此时”，无论是写个人怀抱还是天下怀抱，都写出了一种令人景仰的大气与高度。

《春江花月夜》有意识地采用长篇铺排来细腻地描写一个宁静丰满的月下世界，以此表现盛世来临前夜的大唐光景，诗人感受到了中国历史上少有的丰乐平和的世界，惆怅中“有着甜蜜的忧愁”。正如李泽厚先生的赞叹：“一种丰满的、具有青春活力的热情和想象，渗透在盛唐文艺之中。即使是享乐、颓丧、忧郁、悲伤，也仍然闪烁着青春、自由和欢乐。这就是盛唐艺术，它的典型代表，就是唐诗。”（李泽厚《美的历程·盛唐之音》）

江流宛转绕芳甸，月照花林皆似霰。空里流霜不觉飞，汀上白沙看不见。

这四句补写题面之“花”，但重点仍然是写月相的神奇，月光的谐和，月下“花色”的迷离。前四句写何处春江无月，这四句写何物不蒙月色。

“芳甸”，不是私家园林，而是遍地芳草鲜花的天然大花园，境界不一样。“宛转”，写流动的江水的形态，写春天江水的丰盈温柔，江流带着欣赏绕过芳甸，“宛转”前行，没有局促不安，没有逼仄紧迫，是宽容与共存，是接纳与欣赏，给人带来心灵的惬意。

接下来三句反复渲染月色笼罩下的神奇光效：月下花林如霰，空里流霜虚明，汀上白沙隐形，月光下的花林、长空、沙汀，不再有分别之色，月光荡涤了世间万物原有的“固执”而虚荣的表现，化五彩为虚白，将山河大地虚化成一种意境，这就是美，这就是清虚，这就是绝尘。

月光，笼罩了天地，统一了万物，使大地回归寂静和洁净。你能感觉到诗人不仅是写景，也是在表达心境，将月色、江色、夜色打成一片。锺惺、谭元春《唐诗归》云：“浅浅说去，节节相生，使人伤感，未免有情，自不能读，读不能厌。”“将‘春江花月夜’五字，炼成一片奇光，分合不得，真化工手。”

江天一色无纤尘，皎皎空中孤月轮。江畔何人初见月，江月何年初照人。

这四句继续写月亮，但时间已有推移，已经是月到中天。

空中唯有一轮明月，山河大地，俱在月色笼罩中，以“轮”喻月，见其丰盈，突出因为“江天一色”，因为“无纤尘”而显得特别饱满的月相；以“孤”写其独一无二，“空故纳万境”，是更大的包容。这真是奇特的世相结构，自然地引起了诗人的冥思遐想，兴起了追问明月来历的“宇宙”之问。

这是闻一多最为欣赏的诗句：

江畔何人初见月，江月何年初照人。

“江畔何人初见月”，一个从没有人提出过的天问，问了人类的起源。“何人”，询问的是，哪一位真正有了自我意识的人，某一天在江边“发现”了月亮，对着月亮开始区分“物”“我”的对立存在，发现了另一个超然于主体意识之外的“存在”。这问题令“何人”心头一惊、醍醐灌顶，突然感觉到自己的渺小和存在的久远。

“江月何年初照人”，一个更深远的问题。宇宙的起源，纯粹是哲学议题。闻一多心动了，为此赞不绝口：“（这是）更敻绝的宇宙意识！一个更深沉更寥廓更宁静的境界！在神奇的永恒面前，作者只有错愕，没有憧憬，没有悲伤。”“他得到的仿佛是一个更神秘的更渊默的微笑，他更迷惘了，然而也满足了。”“这里一番神秘而又亲切的，如梦境的晤谈，有的是强烈的宇宙意识……”“这是诗中的诗，顶峰上的顶峰。”（闻一多《唐诗杂论·宫体诗的自赎》）

有人认为这几句充满了佛教的玄意，我认为，月在青天，仁者见仁，智者见智，有佛教修习者看到了佛教明心见性，其他哲学思考者也自有他们心中的“所见”。

人生代代无穷已，江月年年只相似。不知江月待何人，但见长江送流水。

这四句诗还是沉浸在人生最迷茫处，问到世间开天辟地时，问到明月与“人”相见处，越发迷惘。人类生生不息，代代更替，而江山风月虽有轮回，但物性不改，这是感叹，也是悲叹。这两句其实是中国文人更为关切的人生与哲学之问：长江流水不止，物质世界永存，而人类代代更替，只有短暂的存在，在人类短暂的“存在”期间，还有很多“求而不得”的悲哀。有一些“开悟”了的文人对人生熟视、对人生参究以后发现，在永恒的宇宙面前，世人热衷的功名利禄都是 nothing（虚无），都成了人生意义的陪衬物。诗人之思也开始由玄虚之问转向人生之问，开启了后面的新的迷思。

因为前面十六句中已包含了“宇宙之问”（“江畔何人初见月，江月何年初照人”），闻一多为此赞赏有加，后来的赏析者也大多以此为高潮点，详解前面十六句，而对后面的二十句则匆匆带过。但这令人惊艳的两句虽然发问高卓，仍属于电光火石，属于灵感性质的表达，接下来的长篇抒情才是诗歌的重点所在。

后面这二十句，写的都是人情，都是世间的恩爱和惆怅，有诸多留恋，也有爱而不得的遗憾，有缠绵的迷思，但没有刻骨的悲怆之感，是平安现世生活的心灵映照，所以说，是盛唐格调。

白云一片去悠悠，青枫浦上不胜愁。谁家今夜扁舟子，何处相思明月楼。

从这四句开始，明显转场，由自然而人世，由宇宙关切转向人生长叹。“空中”开始有白云悠悠，明月逐步从歌咏主体转为背景设置，接下来的主角是游子（扁舟子）思妇（楼上人）。“青枫浦”是地名，也是分手感怀的象征，“愁”奠定了此后的抒情基调，但主要表现为由女子“代言”的文人的迷惘和惆怅，是富足或小康时代的“空虚”，它不同于前朝“对酒当歌，人生几何”的生命悲歌，也不同于后来“朱门酒肉臭，路有冻死骨”的激烈抗议，这是基于一个平安、富裕、宁静的时代而酿成的一种淡淡的忧伤，也就是盛唐前夜文人的诗化愁绪。

“天下熙熙，皆为利来；天下攘攘，皆为利往。”游子无非追名逐利者，而人生的美好时光其实很短暂，特别是遇到难得的平安时代，为什么要放弃富足充实的生活，去追逐虚名与浮利呢？为此，当时前卫的女子就有了“悔教夫婿觅封侯”的想法，这是在比较富裕的年代才会产生的社会思潮，以现实获得感为生活目的，回归对“好日子”的追求。而且，这是普通人的追求，这就有了普世意义。

这首诗的中心人物是思妇游子，但具体是何种身份已经不重要，诗歌通过他们的感受，表现一种丰满的享受和慵懒，一种物质满足后的惆怅，而古代社会，要使多数人能丰衣足食，是多么难得的成就啊。

可怜楼上月徘徊，应照离人妆镜台。玉户帘中卷不去，捣衣砧上拂还来。

从这四句开始，重点写思妇之叹。月光如相思，处处播撒，月亮似乎理解思妇的空虚与思念，抚摸着妆镜台，流连于玉户帘，照耀着捣衣砧，平常家居物品都成了美的装饰，成了相思的代言，人月互动，缠绵悱恻。“徘徊”写月亮之多情，也是写思妇在楼中望月徘徊。

这些场景，看似伤怀，实际上并没有真正沉重的现实内容，它的美学风格给人以美的体验，尽管说着感伤，却依然是一颦百媚。永恒的宇宙和春江风月激起的是一种少年式的人生感悟，夹带着感伤、怅惘和某种欢愉。

此时相望不相闻，愿逐月华流照君。鸿雁长飞光不度，鱼龙潜跃水成文。

这四句进一步“代写”思妇之相思。女子希望化身月光，照耀着在外行路的夫君，山一程，水一程，在陪伴中共同分担世间风雨雷电，也分享无边风月。这种情感的表达，不再是宫体诗常见的轻薄口吻，而是抒发人间挚爱，爱得有力量，所以，闻一多称之为宫体诗的“自赎”。

希望与达成总有区隔，世人说鸿雁传书，但传书的鸿雁自顾自飞走了，也没把寄托了相思的月光带走，或许是思念与感叹哀感顽艳，“舞幽壑之潜蛟”（苏轼《赤壁赋》），所以水底鱼龙也跃出水面，形成回文（纹），代写相思。总之，这个世界关照我，这个世界却不能成全我。

这四句继续回环往复地写相思与挚爱，这种回环手法还没有完全脱离六朝宫体诗的影子。诗人写作时，也应当是有心利用这个当时流行的题目和体裁来“随大流”（当时，雄才大略如唐太宗也一度喜好宫体口味），然后推出自己改良版的新诗。所以，下半场这种“回归”的写法也是为了照应题材的传统性。好在，场景已经不在庭院，而是月下大江边的高楼上，成就了新格局。

还要强调，诗歌表现的这种富足或小康时代的“空虚”，也是日后许多时代的生活梦想。如北宋富贵宰相晏殊笔下就再次出现过这种宁静的闲适和甜蜜的忧愁——“梨花院落溶溶月，柳絮池塘淡淡风”（晏殊《寓意》），表现了有宋一代短暂的、宁静的富态景象，但格局太小，取境私密，无法与“春江花月夜”的大格局相比。

昨夜闲潭梦落花，可怜春半不还家。江水流春去欲尽，江潭落月复西斜。

这四句依然可以看作思妇之叹，写一夜相思，临近天明时思妇悠长的思念还没有停歇，“春江花月夜”的场景已经转移到“夜”尽处，本来应当是共享春光的美好时刻，都在相思中白白流过。“江水流春去欲尽”，只有思念无穷无尽，随落月弥漫到远处。

题目是“春江花月夜”，前面提到了芳甸与花林，中间主要写江月和春夜，这里再次写花，与后面的闲潭落花呼应，照顾了题面上的“花”。

昨夜梦中，我们来到了曾经约会的水潭边，那照影的花树已经落英缤纷了。分手的那时候，我们有约，春天里，待你回家，再到水潭前照影，细数落花，“花儿正绽放”，“那是最初和最后的地方”。但春已过半，你却没有践约，花落幽潭，江水流春，流去的不仅是自然的春天，也是游子思妇的青春、幸福和憧憬。绵绵无尽的相思夜，连陪伴我一夜的月亮也快要西斜了。游子不归，思妇老矣，思妇老矣！

斜月沉沉藏海雾，碣石潇湘无限路。不知乘月几人归，落月摇情满江树。

江面上升起沉沉如烟的雾气，开始遮掩西斜的落月，增加了迷离的相思。碣石是山名，在渤海边上；潇湘指湘江与潇水，在今湖南，一南一北，暗指路途遥远。君在碣石我潇湘，天各一方，天边已飘过故乡的云色雾气，回家的路是那么的漫长。

最后这四句可以看作思妇之叹，也可以看作游子思妇的合唱，回到诗歌的主题，也更接近《春江花月夜》的传统主题，人生短暂，名利误人，“有花堪折直须折，莫待无花空折枝”。春将老，但春尚在，游子归来兮，若到江南赶上春，尚能和春住。

在这美好的春江花月之夜，不知道今夜有几位离人看透了人生，在月光的感召下，正在回乡的路上。

不管你人间情感如何执着，春江花月夜依然在流走，只有西斜的月光依然遍撒江水、江树与江天。“落月摇情满江树”，结句将月光之情、游子之情、诗人之情交织成一片，情韵袅袅，摇曳生姿，有一种令人回味不尽的绵邈韵味。

徐增《而庵说唐诗》云：“‘昨夜闲潭梦落花’，此下八句是结，前首八句是起。起用出生法，将春、江、花、月逐字吐出；结用消归法，又将春、江、花、月逐字收拾。”

这首诗的后二十句，写的是相思愁绪，但很难给人刻骨的悲哀之感，正像前面多次提到的，因为诗歌的整体背景是盛唐即将来临的时刻。“它显示的是，少年时代在初次人生展望中所感到的那种青烟般的莫名惆怅和哀愁。春花春月，流水悠悠，面对无穷宇宙，深切感受到的是自己青春的短促和生命的有限。它是走向成熟期的青少年时代对人生、宇宙的初醒觉的‘自我意识’；对广大世界、自然美景和自身存在的深切感受和珍视，对自身存在的有限性的无可奈何的感伤、惆怅和留恋。”（李泽厚《美的历程·盛唐之音》）

希望你从此喜欢上这首诗。

孟浩然《过故人庄》：

日记体现场还原，到乡村去看老朋友

我自信生而为人，诗才一流，但口才一般，就怕和俗人应酬，凡是我不认识和不想认识的人，我一概算作俗人。

朋友是故旧的，蔬菜是新摘的，相见无杂言，秉性有类似，天生有本真，自然"缺心眼"，今日之餐饮加聊天，可以说是襄阳独一份儿。

我孟浩然就皈依这"青山绿水教"吧。

故人具鸡黍，邀我至田家。绿树村边合，青山郭外斜。开轩面场圃，把酒话桑麻。待到重阳日，还来就菊花。

——孟浩然《过故人庄》

大唐开元某年某月某日，天气：晴朗。

收到老朋友邀请酒聚的札子已有些日子，无需回复，今日践约，老朋友一定等着呢。

我自信生而为人，诗才一流，但口才一般，就怕和俗人应酬，凡是我不认识和不想认识的人，我一概算作俗人。这次老朋友请我过去，说好了是单邀，没别的人，就咱俩，免去了招呼和客套，彻底放松。主打餐饮是田家走地鸡、黍米饭，还有古法家酿的桑落酒和菊花酒，想喝多少有多少，想说什么说什么，醉了可以到窗外树下，地上铺个筵席，眯一会儿，连狗都不来打搅你。

日常住在襄阳城里，生活倒也方便，襄阳土著会吃、能吃，襄阳名菜有三镶盘、夹沙肉、襄阳缠蹄、糖醋白菜、宜城盘鳝等。小吃品种也不少，如油茶、清汤、油馍筋、红油豆腐面、襄阳薄刀、金刚酥、玉带糕等。最近，有一家新开的饭店让我题词，我就写了“襄阳是一个吃货来了就不想走的地方”，店主非常满意，准备顺便开一间客栈。

襄阳旅游景点也不少，鹿门寺、古隆中、仲宣楼，都是4A级风景区，我已经游历多遭了，我还准备到鹿门长期隐居呢。

襄阳虽然没有长安繁华，但毕竟有几十万人口，二十几个码头，“往来行舟，夹岸停泊，千帆所聚，万商云集”。太多的坐贩行商，红尘滚滚，一句话，太闹！再说，襄阳历来是“兵家必争之地”“天下之腰膂”，上百次战争在这里发生，太多血腥，太多杀戮。住这里时间长了，感到气闷。

走到城外，空气就清新了许多，城里的雨，乡下的风，这一路，走走停停，清风送爽，蛙鸣相伴，好不自在！也体会了一下摩诘居士王维老弟的修身养性之道，“行到水穷处，坐看云起时”。风景到处有，旅游在路上。

走近老朋友所在的村庄，感觉到村边的绿树又浓密了许多，回首远眺日常居所，已经只能看到城市的轮廓了，还能隐隐看到青山与城郭相依，平添了若干情趣。平日里，身在闹市，见不到这种青山绕郭的景色，看来，景与人一样，都要远看才有味道。当然，隔得再远，我也闻得出城里居住的是些什么货色，全无趣味。

走到院子门口，一股鹿门寺特产蜜枣茶香已经弥漫到院子里，老屋厅堂的陈设没有什么改变，长方形的食桌两侧放着高足的条凳，桌子上摆放了大盆小盏，两套匙箸餐具，看来果然就我一个客人。吆喝一声“我来了”，也不见有人出门相迎，只听到厨房里锅瓢相碰的声响，飘来一句：“自己找个越窑碗倒杯茶，清蒸槎头鳊马上起锅。”

老朋友也不要人帮忙，自己忙进忙出，片刻，几碟菜肴已经摆上，新韭炒笨鸡蛋、蘑菇走地鸡、陈醋腌白菜、清蒸槎头鳊、泡菜牛肚丝、宜城大虾，菜品不多，新鲜可口，还有大碗茶、家酿酒，酒没有牌子，但管够又不上头。

老朋友随手推开窗户，屋子里一下子敞亮了，槐花的香气、暖烘烘的阳光，一下子都涌了进来。

我不如王维老弟善谈禅理，也没有李白后生的大话惊人，但总得聊点什么吧。长安的大新闻？襄阳的小绯闻？放在这里聊，降低了档次，还是说一点眼前的事吧。我就问一问，种桑养蚕，收入几何？植麻造纸，制衣乎？制帐乎？你说过你家的地里，苎麻和苘麻都有，我还真的分不清，或者你就带我到园圃走一遭，也好消消食啊。

朋友是故旧的，蔬菜是新摘的，相见无杂言，秉性有类似，天生有本真，自然“缺心眼”，今日之餐饮加聊天，可以说是襄阳独一份儿。

名利得失已然忘却，孤独抑郁随风飘散，不学王维入禅寺，不随李白入道门，我孟浩然就皈依这“青山绿水教”吧。

我还要问一句，我能不能再来？既然你点头，我们就敲定一下什么时间，今天定下时间我就不回复了，到时候一准过来。你说下一个节日就是重阳，好，秋高气爽，佳酿已熟，就是它，重阳节过来，喝菊花酒，登菊花台，再赏重阳天。

孟浩然《春晓》：

落红不是无情物

他已经经历了人生的风雨，放下了尘世功名牵挂。……他开始关注自然的风雨和后园的花草。

“零落成泥碾作尘，只有香如故”，说的是，不能放弃的，除了生命，还有人格。对落花的叹息中，赋予落花坚持本真的秉性。

对落花的怜惜，是对生命的尊重。

春眠不觉晓，处处闻啼鸟。夜来风雨声，花落知多少。

——孟浩然《春晓》

孟浩然，是唐代著名的山水诗人、隐逸诗人，他在出仕与归隐之间也有过挣扎。他曾放下身段长揖侯门，给宰相张九龄上书，希求进用，但此事无疾而终。据说，好朋友王维还给他安排了一次“偶遇”皇帝的机会，但孟浩然日常见到高级领导的机会不多，说话的分寸还是拿捏不好，他现场朗诵了“不才明主弃”这样的诗句，冒犯了皇帝的虚荣心。因为你可以说自己“不才”，但你不能诬陷圣明天子“弃才”。圣人治天下，那一定是“野无遗贤”“天下英雄尽入彀中”，你老孟怎么说话呢？就凭你这说话的水平，还“欲济无舟楫，端居耻圣明”（孟浩然《望洞庭湖赠张丞相》）？给你机会也把握不住呀，你还是回乡“端居”吧。可见，跟皇帝对话，没经过高价总裁班的 immersion training（沉浸式培训），大概率不会成功。

就因为这句“不着调”的诗，孟浩然落得和柳永“奉旨填词”一样的待遇，奉旨隐居。也好，死了心就不必纠结，这未必不是自我反省的契机。他终于发现，这种干揖求进的态度与自己的本性违背，他于是沉下心来隐居，到农民庄上“吃茶”，在青绿山水中冷处理炙热的“上进”心思，开始认真地走自己的路，吟哦自己的诗，欣赏自家后院的落花。

《春晓》就是孟浩然隐居鹿门山时所作。当时，他已经经历了人生的风雨，放下了尘世功名牵挂。“红尘不向门前惹，绿树偏宜屋角遮。青山正补墙头缺。”（马致远《夜行船·秋思·拨不断》）他开始关注自然的风雨和后园的花草：

春眠不觉晓，处处闻啼鸟。夜来风雨声，花落知多少。

这首小诗，写的是清晨醒来，赖在床上将起未起，耳边鸟啼声声，犹记得夜来风雨阵阵，心中涌起惜春之情，不知后院是否落红遍地，韶华半空。

古典诗词中，关切落花是一个传统主题，其内涵、境界也逐步深化，融入更多的人文情怀，我们不妨梳理一下落花诗的内涵和境界之演变。

春花，是季节的使者，是大地性灵的表达。

曾有人，击节赞赏东瀛游人的赏花姿态。东瀛游人喜好坐在樱花树下看落英缤纷，面对美好生命的消逝景象，在审美中获得感悟。其实，这种审美姿态来自我国古典文人对落花现象的诗意把握：在欣赏落花的过程中，流露的是对生命的珍惜。周朴《桃花》诗云：

桃花春色暖先开，明媚谁人不看来。可惜狂风吹落后，殷红片片点莓苔。

诗人潜入花的内在，切身体会春花难以把握自己生命的无力感。对花落泪，表达的是对天地万物的爱心。

当然，诗人不仅是惜花，也是自恋和自怜，以同感的形式从天地万物中发现共情的对象和共情的表达。如李清照担忧雨后“绿肥红瘦”，这种担忧免不了有一种贵族女子的自恋意识，但核心的表达还是对生命凋谢的伤心。

陆游词《卜算子·咏梅》：

驿外断桥边，寂寞开无主。已是黄昏独自愁，更著风和雨。　　无意苦争春，一任群芳妒。零落成泥碾作尘，只有香如故。

对落花的叹息中，赋予落花坚持本真的秉性。生命可能飘零，气节不能坠落，不要人夸颜色好，但留香气满乾坤。

最痴情的当数黛玉葬花。在“花谢花飞飞满天”的时节，黛玉手把花锄，在杨花飞舞、落红遍地的季节，做出了一个清狂的举动，黛玉要收捡落花，替落花举行美的葬礼。如果说孟浩然《春晓》是对春花生命权的深度关切，那么黛玉葬花就更加“痴”情，她对落花的尊严也予以关切，她要为落花缝制锦囊，将落花埋入香冢；她还要悲哭，还要作诗，要让落花以一种“体面”的形式、诗意的姿态离开污浊的尘世。

对落花的欣赏并没有到此为止，境界更高的是龚自珍的诗句。

清末，是中国历史上真正的积贫积弱时代。清政府腐败透顶，正因为落后挨打刺激了无数文人志士，爱国主义思潮与民族主义思潮蓬勃兴起，落花意识有了重大转型。龚自珍《己亥杂诗》第五首诗云：

落红不是无情物，化作春泥更护花。

在这里，落花不再自怜自艾，甚至不再考虑小我的尊严，而是涌起个体为群体献身的高尚思想。同时和稍后的一批热血文人都有这种“化作春泥更护花”的献身护本精神，如秋瑾词《鹧鸪天》(祖国沉沦感不禁) 云：“金瓯已缺总须补，为国牺牲敢惜身。”《对酒》：“不惜千金买宝刀，貂裘换酒也堪豪。一腔热血勤珍重，洒去犹能化碧涛。”谭嗣同《绝命诗》：“我自横刀向天笑，去留肝胆两昆仑！”鲁迅《自题小像》：“寄意寒星荃不察，我以我血荐轩辕。”

夸张一点说，落红护花的意识是“五四”精神的源头之一。

从叹息落花，到爱花护花，到赋予落花尊严，乃至于“体会到”落花的献身精神，领悟因陨落而成涅槃的内涵。一种文化，对落花如此钟爱，应当是一个富于同情心且有顽强生命力的文化，愿我们好好守护这一份天大的仁慈，泛爱众生。

李白《山中与幽人对酌》：

酒仙与酒鬼的区别

文学家好酒，他不是独一份，但他喝得最潇洒、最有范儿。

在大多数时候，李白其实是有节制的，这就是为什么李白成了酒仙，而没有变成酒鬼。

我们甚至能嗅到山花香与酒香混杂漂浮的气息，听到酒盏相碰的声响和“将进酒，杯莫停”的击节高歌的和声。

两人对酌山花开，一杯一杯复一杯。我醉欲眠卿且去，明朝有意抱琴来。

——李白《山中与幽人对酌》

李白写诗和喝酒都十分飘逸，有仙气，当时的文艺青年对李白非常崇拜，有个姓张的青年士子，崇拜李白到亦步亦趋的程度：李白字太白，此生叫张碧，字太碧。

李白被当时的大人物贺知章夸为“谪仙”，一锤定音，从此，世人都以“谪仙”来解读李白。

仙，不一定专指长生不老，不一定专指道教修炼者追求的得道形态。很多时候，“仙”的状态，指的是超凡脱俗的气质，脱去负累，无牵无挂，而喝点小酒，微醺，将醉未醉，是飘飘欲仙的最佳状态。

实话实说，李白好酒，是个中国人都知道。文学家好酒，他不是独一份，但他喝得最潇洒、最有范儿。

一般人只注意到李白潇洒恣意的一面——“人生得意须尽欢，莫使金樽空对月”。没有注意或者有意忽视了李白收放自如、张弛有序的一面。在大多数时候，李白其实是有节制的，这就是为什么李白成了酒仙，而没有变成酒鬼。我们可以从他的一首诗中的一个字来体会这种区别。这就是李白的《山中与幽人对酌》。

一个人一辈子拘束，就成了套中人，活得也没意思，但一辈子贪杯，没有节制，没有理想，也是不堪之人。李白这首诗就是放纵与节制相结合的态度典范。

这首诗语言通俗有趣，以兴遣词，用词也不避重复，表现了李白和幽居朋友相处时所展现出的随心所欲、不拘礼节的人生态度，塑造了一个超凡脱俗的艺术形象。让我们跟着太白到山中，体会一番幕天席地，盘腿倚石，在落花缤纷的草地上举杯欢饮、忘形尔汝的境界。

两人对酌山花开。

开头交代酒聚的人物、场所和环境。眼前不是“独酌无相亲”，或“举杯邀明月”，而是“两人对酌”，既不闹腾，也不寂寞。对酌者是意气相投的“幽人”，也就是幽居方外的隐逸高人。既然是隐士，天生是逃避约束的人，自然就无须拘礼，省了很多场面上的应酬，这酒就喝得轻松。喝酒的场地也非常别致，不是在酒旗招摇、市声嘈杂的酒店，也不是在唧唧复唧唧、空间仄又逼的家中，而是在山石横陈、芳草铺地、烂漫花开的山里，不但视野开阔，环境也十分雅致，有山水相亲，无俗人搅局。这种酒席是花钱也订不到的，一定是有情趣、会喝酒的人才能找到。

一杯一杯复一杯。

写了饮酒的流畅、心情的放松、兴致的高昂，非常生动。因为样样称心如意，自然就开怀畅饮了。古代的酒和今天的米酒差不多，大多是家酿的，酒精的度数比较低，几杯下肚，不会立刻上头，所以，还有抱着酒坛子猛灌的酒篓子。当然，李白有这个量，但不会这么喝，他喝的是个趣，找的是感觉和诗意。闲话少说，先碰一杯做见面礼；接着，我敬你一杯，你回敬一杯；然后，为晴朗的天气干一杯，为嶙峋的山石干一杯，为烂漫盛开、如此知趣的山花连干三杯。这里，用简单覆叠的词语直写“一杯一杯复一杯”，比任何描写都要生动，不但写了饮酒之豪爽，也表现出快乐和恣意。我们甚至能嗅到山花香与酒香混杂漂浮的气息，听到酒盏相碰的声响和“将进酒，杯莫停”的击节高歌的和声，对于喜欢酒趣的人，生活就这么一下子变得非常美好。

虽然度数不高，但你可不要把家酿的酒不当酒啊！“我欲醉眠卿且去”，“卿”，是对亲近的人的昵称，大致等于“darling”（亲爱的）。这里用了一个典故：《宋书·陶潜传》记载，陶渊明喝酒，来访者不分贵贱，有酒就共饮，喝酒也不拘礼数，如果陶渊明先醉，便对客人说：“我醉欲眠卿可去。”李白诗化用了陶潜饮酒的典故，简化了饮酒过程的叙述，直接写醉酒时最天真、最喜感的“醉话”：

我醉欲眠卿且去。

古今醉态遥相呼应，妙趣横生。

明朝有意抱琴来。

但即使沉醉欲眠了，依然留一分清醒。诗人又告诉酒友，且住，这个地方倒是喝酒聚会的绝佳之地，不可浪费，如果你有意再聚，我们明天再来，记得带一张古琴过来啊。

这首诗语言非常高妙。比如“我欲醉眠卿且去”这一句，用的是典故，但放在这里是天生的好句子，如家酿美酒，不用勾兑，天然生成。

这首诗语言通俗，读来朗朗上口，就像大白话，文字看似容易，却十分妥帖，哪怕改一个字，意境都会大相径庭。比如，最后一句“明朝有意抱琴来”，如果改为“明朝有意抱酒来”，那就真的是一对高阳酒徒，喝的就是安徽“酒鬼”酒了。可见诗中用字之妙，换一个字，意境和人格就一下子变了，诗仙就成真酒鬼了。如果改为“明朝有意抱书来”，躲到山里来复习，那就是杜甫，而不是李白了。如果是“明朝有意抱机来”，躲到山里玩游戏，那就是玩机成瘾的“逃学威龙·李”了。如果你想给李白换一个人格写照，只许换一个字，你还有什么别出心裁又合情合理的构思？

诗仙·李白：

假如诗仙能上网，大唐诗坛添好戏

李白属于多动少年、热血青年、新潮中年，如果他活得再长久一些，也会是一个很好玩的老头儿。

放在今天，李白也能活出一个俗人的模样，一个快乐的会写诗的俗人。

他活着的每一天都在玩，他的诗歌创作属于玩的副产品。

假如李白有手机、能上网，大唐诗坛会有什么变化？一定是好戏连台！但诗仙李白还能留下锦心绣口、洋溢着酒气墨香的一千多首诗歌吗？悬！

李白属于多动少年、热血青年、新潮中年，很遗憾，他只活了六十二虚岁，如果他活得再长久一些，也会是一个很好玩的老头儿。

假如李白有个最潮的手机，可5G上网或星链上网，他能乐疯了，他的第一首诗可能是："仰天大笑出门去，吾辈亦有新手机！"或者是："打开网络兴致高，啤酒烤串看中超。"放在今天，李白也能活出一个俗人的模样，一个快乐的会写诗的俗人。

李白天生喜欢交友，也会交朋友，他与民间隐逸达人孟浩然一见倾心，一直有单线联系；他和高干贺知章见了一次面，喝了一顿酒，就成了忘年交；他和京城富二代领袖玉真公主（唐玄宗的亲妹妹）关系也很"铁"；他想和谁交朋友，直接写信，甚至都不用别人答应，比如他给地方长官、荆州政府一把手韩朝宗（时任荆州长史兼襄州刺史、山南东道采访使）写自我推荐信，好像彼此是多少年前的老熟人；他还善于"撩妹"交朋友，用写诗的方式去"撩妹"，比如，他给大唐"第一女人"（还不能称为"第一夫人"）杨贵妃创作了那首"云想衣裳花想容"，基调是夸舞者美艳、"能妖"，而不是雍容华贵、大气磅礴，特别是"借问汉宫谁得似？可怜飞燕倚新妆"那两句，以身轻似燕的"祸水女子"、汉成帝宠妃赵飞燕来做比喻，贵妃不但不生气，还非常高兴，这说明李白很理解女人的心理，夸女人苗条，在任何时代都是讨喜的。可见，李白交朋友有一套、很灵光。奇怪的是，唐玄宗竟然也没拿他怎么样，据说，还乐呵呵地让他在大殿上撒酒疯，让高力士脱靴、杨国忠磨墨。你可以想象，在大唐，李白是一个交友达人、交友奇人，非常popular。有了网络这个交友神器，李白会如鱼得水，流连忘返。但是，慢慢地，朋友多了，回复问候都来不及，诗词也不用写了，经常就“呵呵”两个字回复，再往后，给个笑脸就不错了。

李白会在微博上张贴自己对各种问题的看法和见解，他的言论超出庸常，总是出口惊人，特别吸人眼球，他很快就能成为百万级粉丝的大V，特有成就感。李白每天醒过来第一件事就是打开手机，连接网络，浏览大唐朝廷要闻和社区新闻，重点是有关李白诗歌创作的评价和排名。另外，有哪几个名流“怼”了他，他得“怼”回去。

下午他要出席青年诗人创作成就奖颁布会。

晚上，我李白请客，谁都别和我争。我们今天吃流水宴，大家喝好，喝高，喝出花样，最后大家拿出手机搞无记名投票，选出喝得最好的三个人，明天继续参加酒会，搞个“月旦评”（也就是每个月评一次），整出个模样，造个声势，就可以接广告了。总的来说，有了手机网络的李白，生活是快乐的，诗歌是业余的。

因为李白还没有设定安全账号和密码的习惯，不少损友都跑进他的个人网页来留言，有的人把自己写的诗贴进去，李白醉酒的时候多，清醒的时候少，所以他自己也弄不清是谁写的，结果，李白诗的真伪就成了一个大问题。

其实，网络对李白的伤害可能远不止诗歌被混淆。

李白天生是个玩家，他喜欢游山玩水，喜欢流行音乐，喜欢喝酒，而且是“将进酒，杯莫停”的那种，也就是网络上半夜饮食类节目的风格。李白喜欢剑术，李白喜欢修道，李白喜欢组织party，他喜欢社会上最流行的娱乐项目，更主要的是，李白喜欢刺激，自控能力有待提高。（抱歉了，太白！）他活着的每一天都在玩，他的诗歌创作属于玩的副产品。

有了网络，有了游戏，李白能给你玩个遍，不管是《英雄联盟》还是《炉石传说》，他都要试一试，中国将多一个超级 EDG 赛手，而不再有天才诗人李白。因为沉溺于游戏，谋生无路，家里也断了供，这个时候的李白只能天天在网吧与小混混一起打《魔兽世界》《九阴真经》，每天都玩到半夜才回到出租屋里，真是：合租小阁楼，头顶见星辰。不敢高声语，恐惊下铺人。

再聪明的人也经不起天天玩啊。再说，他本来就不想参加高考，也不想走仕途，他想一举闻名天下知，然后直接被聘为大内高参，或无竞争进入礼部下属诗歌音乐创作中心担任院士级教授，有稳定的高工资，还可以到处玩。假若有损友告诉他，打游戏既能出大名，也能赚大钱，他必定加入没商量，何乐而不为呢？所以说，有手机、通网络的李白逃不过浪费泼天才华这一劫。

几乎可以肯定，李白有了手机，最著名的“床前明月光”这首诗，就不是现在流传的版本了，而很可能是：

床前明月光，3D 来成像。抬头找网络，低头钱烧光。

旗亭赌唱：

开元年间流行风

旗亭赌唱，发生在诗酒趁年华的美好年代。

流行文化以俗和娱乐性为特征，市井百姓，吃饱了就要娱乐，娱乐的一个重要形式，就是吟唱男女之爱和传播八卦故事。

当时的词坛大腕大多是京漂，也相信漂泊出大腕。

流行歌曲主要属于城市青年，也包括向往城市生活的青年男女和漂泊者。古代的大型城市不多，流行歌曲只能在几个主要城市的歌台酒席间传唱。和今天差不多，流行歌词的内容无非是城市生活的光鲜和埋汰，白领男女（当时应该叫作青衫男子）的努力与无奈。唐代前期，因为国力强盛，也因为“武皇开边意未已”，征战不少，边塞风光与守边将士的辛劳也成为流行歌词的内容之一，这就提升了开元天宝年间流行歌曲的档次。

开元天宝年间，以长安为中心的经济圈见证了历史上少有的一个繁荣发展阶段，而有发达的经济活动，就有流行歌曲。

唐代诗人的群体活动中有一个旗亭赌唱的故事，说的是王之涣、高适、王昌龄在旗亭小饮，正好遇到一群歌女来此自娱自乐开 party，三位流行歌词作者就暗地打赌比赛，听歌女唱谁的歌词，谁就在墙上划一道，比试一下谁的歌词更流行，这就叫“旗亭赌唱”（又叫“旗亭画壁”）。

旗亭本来是古代市集交易管理处所在，悬旗为标志，也可以指酒楼，因为古代酒家筑亭道旁，挑旗门前，故称。

“旗亭画壁”的故事见薛用弱《集异记》[1]。故事比较长，我们节录部分内容于下：

[1] 本文所用版本见《四库全书》子部十二《小说家类》二《集异记》（一卷本）。

……开元中，诗人王昌龄、高适、王之涣（一作“王涣之”）齐名。时风尘未偶，而游处略同。一日，天寒微雪，三人共诣旗亭，贳酒小饮，忽有梨园伶官十数人，登楼会宴。

这些“梨园伶官”中有几位是当时的乐坛著名歌手。于是：

昌龄等私相约曰：“我辈各擅诗名，每不自定其甲乙。今者，可以密观诸伶所讴，若诗入歌词之多者，则为优矣。”

第一位歌女唱的是王昌龄的诗：

寒雨连江夜入吴，平明送客楚山孤。洛阳亲友如相问，一片冰心在玉壶。（王昌龄《芙蓉楼送辛渐》）

这首诗写男人的友谊，呼吁理解万岁，“冰心玉壶”的比喻很有特色，成了经典诗句。王昌龄马上在墙上划了一道。

第二首唱的是高适的诗：

开箧泪沾臆，见君前日书。夜台何寂寞，犹是子云居。（高适《哭单父梁九少府》）

这几句歌词是高适《哭单父梁九少府》的开头几句，所写还是关于男人的友谊，诗人为好友一生落拓不遇、不幸早逝而扼腕长叹，其格调大致等于《我的好兄弟》加上《你怎么舍得我难过》，估计当时的歌女唱起来，会有别样的风情。想不到大唐最著名的军旅歌手高适也写过悲悲戚戚的伤怀诗歌，可见，创作道路没有最好，只有更好。

第三首还是王昌龄的诗：

> 奉帚平明金殿开，且（强）将团扇共徘徊。玉颜不及寒鸦色，犹带昭阳日影来。（王昌龄《长信怨》）

此诗写市井百姓最爱的高端八卦，即离自己生活八竿子打不着的皇家妃嫔的忧伤寂寞和一些有关宫廷内斗的流言蜚语。

到这个时候，王之涣坐不住了，放出狠话：这几位都是二流歌手，没有眼光，唱的是下里巴人，你们再等一下，那个最有风范的女歌手一定会唱我的歌词。如果所唱是吾诗，吾端坐在床（坐具）上，尔等应罗拜床下，以吾为师。果不其然，那位梳了京城最流行“双鬟”式发型的歌女一开口就是王之涣写的最新、最潮歌曲“我大西北的兵哥哥”：

> 黄河远上白云间，一片孤城万仞山。羌笛何须怨杨柳，春风不度玉门关。（王之涣《凉州词》）

当时除了军人，很少有人去边塞，而且长期在土堡里、寒风中听着悠悠羌笛的，只能是守边战士了，所以这应当是军旅之歌。歌词的大意是：在那滔滔黄河之源，在那白云缭绕的峰巅，我那日思夜想的兵哥哥，正面对十万大山、持戈站立在孤城戍楼间，听悠悠羌笛，守护着牛羊和麦田。春分啊春风，请把小妹妹的情意，捎给我的兵哥哥，把那一方土地的杨柳染成一片绿色。

这首诗的传统解释是写边塞将士生活之艰苦，本文换个角度，作引申解读，尝试趣说一二。

歌女还没唱完，王之涣就被自己的歌词感动得泪流满面，大家默然，都是哥们儿，大家都不容易，大家都懂，这次必须让他得第一。

从此，歌手王之涣就成了大唐音乐下载大王，还获得了“时代最受欢迎男歌手”奖。

那是一个诗酒趁年华的美好年代，小青年争强好胜，而且放在台面上，无非争个京都流行歌词大王，有义气之争，但没有太多的小心眼，愿赌服输，歌女认谁，谁就是“大王”，一切都看点击量。

这几首歌词好像很雅致，但在当时，还是属于通俗歌曲。那个年代，正派、高雅的韵文作品是古风，是长歌，是大赋，流行歌曲大多采用以五、七言短诗为形式的小清新歌词，歌唱时可以拉长节奏，曼声应和，适当增减复叠字词，语言通俗易懂，直指人心。当然，这个“人”指的是俗人，这个“心”指的是“美”心。

流行文化以俗和娱乐性为特征，市井百姓，吃饱了就要娱乐，娱乐的一个重要形式，就是吟唱男女之爱和传播八卦故事。其实，吃饱了饭的农夫，在赶车的时候、放羊的时候、田头歇歇的时候，说的故事，唱的信天游，也大多是男女之爱。如刘禹锡《竹枝词》记录巴蜀民歌“东边日出西边雨，道是无晴却有晴”，就是男女对唱的情歌。20 世纪 70 年代，在长沙出土的唐代瓷器上题有一首诗：“君生我未生，我生君已老。君恨我生迟，我恨君生早……”这很可能也是当时的流行歌曲。

杜甫的诗很难流行，只有小学文化的歌女哪里记得住？就是能背诵，又怎么能体会他的情怀？杜甫的诗，适合在大剧院由国家级的交响乐团和一级话剧演员配合着来演绎；李白的诗，也只能在文人圈里流行，思维太跳跃，歌女还是记不住。

所以，旗亭赌唱的这几首诗，应该是唐代的流行歌曲，但未必是文人圈所激赏的。三位歌词作者的工作状态也是“风尘未偶”（等于漂泊不遇），以这一点来判断，这几位在当时还属于街头艺术家，还没有正式获得文化工作者的编制。我可以择用故事中的两个字来证明我的判断——“贳（赊）酒”。你看，大冷天，连个场子都没有，跑到旗亭来喝点小酒，而且是“贯酒”小饮，大致像当年北京郊区宋庄的艺术家。当然，场子还冷着，但心里都热着，都是有志青年，有志于文化发展，也相信漂泊出大腕。而且，那一个时代，不仅仅有流行音乐，不仅仅有诗歌与科举，下层文人还有其他的上升通道。比如，有的人就不在文坛乐坛死磕，而是走从戎这条路，“宁为百夫长，胜作一书生”（唐杨炯《从军行》）。这次旗亭赌唱的落选者高适后来就走了从军这条路，成为唐代诗人中的最发达者。公元756年，唐肃宗任命五十二岁的高适为扬州大都督府长史、淮南节度使兼采访使；763年，五十九岁的高适又改任西川节度使，负责防御吐蕃入侵。军区司令高适，好歹为文人和流行歌词作者争了口气。

杜甫《茅屋为秋风所破歌》：

天下第一暖男的“公屋”概念

“买房难”是大多数古代文人的痛点。

要落实杜甫建设寒士安居房的设想，需要朝廷多个部门通力协作，而基层落实这一项目难度就更大了。

宋朝建有大批廉租房，相当于“公屋”，杜甫的理念于其当有先导作用。

八月秋高风怒号，卷我屋上三重茅。茅飞渡江洒江郊，高者挂罥长林梢，下者飘转沉塘坳。南村群童欺我老无力，忍能对面为盗贼。公然抱茅入竹去，唇焦口燥呼不得，归来倚杖自叹息。俄顷风定云墨色，秋天漠漠向昏黑。布衾多年冷似铁，娇儿恶卧踏里裂。床头屋漏无干处，雨脚如麻未断绝。自经丧乱少睡眠，长夜沾湿何由彻！安得广厦千万间，大庇天下寒士俱欢颜，风雨不动安如山。呜呼！何时眼前突兀见此屋，吾庐独破受冻死亦足。

——杜甫《茅屋为秋风所破歌》

杜甫一生漂泊，晚年得到严武帮忙，在成都郊外搭建了一所浣花草堂，名字好听，也就是一所茅屋，但好歹有了安身之处。他知道漂泊者的惶恐。“飘飘何所似，天地一沙鸥。”（《旅夜书怀》）人活得像个鸟，还有什么意思？收获了自由，失去了大地。所以，他盼望每个寒士都有一套公屋（或叫作安居房），当然这个建议是以诗的形式表达的，见之于《茅屋为秋风所破歌》：

安得广厦千万间，大庇天下寒士俱欢颜，风雨不动安如山。呜呼！何时眼前突兀见此屋，吾庐独破受冻死亦足。

杜甫这个想法，有仁人之心，也表现了他少有的宏大气势，一开口就是要为天下寒士建造千万间安居房，而且要保证质量，“风雨不动安如山”，估计还需要配套家具，至少得有书柜，否则怎么能让“寒士俱欢颜”？要知道，虽然是“寒士”，也是有底线的，是不容易被取悦的。这么宏大的想法，也让老杜第一次挺直了瘦挑挑的身姿，让后代文人对老杜刮目相看。

后来白居易也有类似的想法，他想特制一件XXXL加大号的皮大衣，覆盖天下穷人免受寒冷，而且他不止一次在诗中提到这个设想，比如《新制布裘》云：

安得万里裘，盖裹周四垠。稳暖皆如我，天下无寒人。

《新制绫袄成》云：

百姓多寒无可救，一身独暖亦何情。……争得大裘长万丈，与君都盖洛阳城。

我估计，白居易这个想法可能开始于某个冬天的晚上，其时，晚来欲雪，阵阵寒意，但有新制绫袄在身，红泥小火炉上温着绿蚁新醅酒，在喝了点小酒、雪下得有点浪漫的这个晚上，白居易有了一个宏大的想法，虽然他知道酒已上头，但设想非常清晰，非常激动，他想缝制一件大裘，覆盖洛阳城，所有的street vagrant（街头流浪汉）都能被温暖覆盖和庇护，老白甚至听到了百姓的欢呼。应该说，心意是好的，但是，大凡没有连吹几瓶的人可能都不会同意这个想法，这简直和优旃给秦二世提的建议差不多：把万里长城油漆一遍，滑溜溜的，让敌人爬城墙时直接摔死。（见《史记·滑稽列传》）白居易的想法有点“神”，和老杜深沉的现实感叹以及目标清晰的建议相比，我只能说，老白，你有点调皮，尽提一些不着调的想法，你不是真的理解“寒士”的需要。宋代黄澈《碧溪诗话》卷九云：“然老杜饥寒而悯人饥寒者也，白氏饱暖而悯人饥寒者也。忧劳者易生于善虑，安乐者多失于不思。”黄澈用了我想说的词儿。

虽然杜甫的想法比白居易的设想务实，但放在旧时代，这依然是很难实现的宏大命题，依然是天方夜谭，因为这个安居房工程涉及千家万户，涉及朝廷各个部门，一趟流程走下来，得猴年马月了。

我们将在后面讨论这个项目走流程的问题，现在，我们先讨论另一个问题：“寒士”的贫穷是衣食住行全方位的短缺，为什么老杜只提建设安居房的问题呢？这背后有个实际考量，古代寒士，就是不成功的读书人，在京都漂泊期间，有个居无定所的问题，即使是学而优则仕、进入公务员队伍以后，也有“居亦弗易”的问题。因为凡循科举走仕途的人，大多不是土著，属于“京漂”，首先要解决住房问题，安身才能立命，立命才能兼济天下。

而京都的房子在任何时代都是很贵的，大家最熟悉的就是白居易“行卷”，也就是给名人高官送自己的诗文集，以期传播名声，他想凭着自己的才学在京城混出个人样来，但“行卷”时的顾况第一句话就是警告他，京城物价贵，“居亦弗易”。今天我们就举几个名人为例讲一讲古代买房难这件事。

还是先说白居易，他二十九岁中举，也算少年天才了，官运也不算太差，但一直租房子住。贞元十九年（803），三十二岁的白居易被任命为秘书省校书郎，相当于国家部委的一个科级干部，税后一万六千钱（“俸钱万六千”）。这收入，在长安市区 CBD 根本买不了房子，只能在常乐坊租了个亭子间住：

宦游京都二十春，贫中无处可安贫。长羡蜗牛犹有舍，不如硕鼠解藏身。（白居易《卜居》）

看来不嫁蜜蜂（住集体宿舍）嫁蜗牛（好歹有个单人房）这个段子是从白居易这里来的。

后来结婚了，老娘和弟弟也过来一起住了，一大家子，需要一个宅子才能住下。现实需要和实际支付能力之间有了矛盾，白居易只能在八环以外的渭河边的下邽县义津乡金氏村买套小产权房，好听一点是庄园，实际上只有茅屋四五间，可能是在城市打工做生意的人在家乡留下的农家乐。

此后，白居易的工作岗位多次调整，还曾因言获罪，左迁贬放浔阳。直到长庆元年（821），他终于回到长安，官居主客郎中知制诰，后任中书舍人（正五品），负责起草诏书，相当于国务院内的笔杆子，地位尊贵，工资也从一万六千文涨到了五万文，据计算，大约相当于年收入三十万元人民币。到这个时候，已经工作十八年的白居易在长安买了个房子，终于拿到了长安城的房产证。房子还是买在从前租房住的常乐坊。那年白居易都五十了！

后来，白居易被外放杭州。长庆四年（824），自求分司东都洛阳，在履道坊买了个大宅子，估计是把长安的房子卖了个好价钱，然后在洛阳买了个更大的房子。——这不算炒房吧？

比白居易更惨的是苏氏三人。

苏洵，年轻时不爱读书，“年二十七，始大发愤”（欧阳修《故霸州文安县主簿苏君墓志铭》），一“发愤”就停不下来，大半生都在考试场上或赶考的路上，但每次都是名落孙山。五十多岁的时候，经欧阳修推荐，“除试秘书省校书郎”，接着又当上了“霸州文安县主簿”（“主簿”的主要职责为起草文件，管理户籍和档案，相当于县府办主任），据古代经济学专家考证，每月收入铜钱七贯。

当官后，苏洵想通了，都五十了，应该对自己好一点了。因此，苏洵果断地向亲戚朋友“集资”（是不是高利贷就不知道了），在首都开封府买了一套价值八千贯的别墅。也就是说，凭苏洵自己的工资，要还清房子贷款，得不吃不喝约一百年。

买下房子七年后，苏洵病逝，苏轼、苏辙两兄弟“顺理成章”地继承了一大笔债务。

苏东坡的第一份工作是大理评事，是掌管刑狱的京官，正八品的衔，不过这是个虚职，具体的工作岗位是在陕西凤翔做签书判官（正八品），月薪二十贯，但宋代官员有比较多的岗位津贴，杂七杂八算起来年收入一千贯左右。后来，他又被调到杭州做了副市长（通判），月薪三十贯，加上补贴，年收入近一千八百贯。这个收入差不多就是现代成功人士说的财务自由了。即使这样，苏东坡还是属于无房一族。估计一是要给他老爸还债；二是作为社会知名人士，请客吃饭也少不了，那时候也甚少公款消费这样的安排。后来，苏东坡因“乌台诗案”遭贬谪，从此人生起伏不定、沉浮动荡，就更加买不起房子了，以至于每次到京城汇报工作，只能到朋友家借房子暂住。 直到元丰七年（1084），考虑到儿子没房结不了婚，苏轼在江苏宜兴买了人生第一套房，自己钱不够，还向弟弟苏辙借了七千贯。那时候，苏轼已经快五十岁了。

苏辙呢，给父亲还债，借钱给哥哥买房，自己一直到快要退休时，才凑齐了九千四百贯，在河南许昌买下了大房子，总算有了一个像样的安身之所。

由此可见，古代文人，哪怕是大文豪，买房也是家庭建设的第一件大事，往往要积累很多年才能购买属于自己的房产。所以，杜甫提出了为穷苦寒士建设“公屋”的设想。

杜甫提出的为天下寒士实施安居工程的方案非常好，赢得了历代文人的一片欢呼。后来不少人都改称他为杜工部，虽然“杜工部”只是严武给他挣来的一个虚衔，杜甫从来没有享受过检校工部员外郎的待遇，但哪怕是虚衔，这也是杜甫一生享有的最高职称了。古人宅心仁厚，没人会挤兑称呼上的水分。另外，杜甫为天下“寒士”争取安居房的动议影响大，而安居房的营造毕竟归工部管辖，这样看来，称他为“杜工部”，合适！

杜甫的想法比白居易制作超级皮大衣“万里裘”来温暖天下人的想法更加务实，但是杜甫的建议依然充满着书生意气，对于这一点，古代已经有人提出意见，明代李沂《唐诗援》：“‘安得广厦千万间’，发此大愿力，便是措大想头。”[1]“措大”指穷且傻且犟的书生，也就是寒士。李沂认为，这个想法也就是书生喊口号、发牢骚，是“穷措大”的白日梦。

要实现杜甫的理想，说难，那是相当难。

放在唐代，要实现杜甫的计划，最简单的操作流程也涉及朝廷的多个部衙。首先，杜甫需要通过严武给朝廷呈报正式的建议书；有关提议到达中枢机构以后，经分类发送到工部（管理天下建设和水利事务）会同户部（管财务）审议并拟出具体落实办法；“兹事体大”，需要中书省票拟，门下省审核（后期改为由“政事堂”集体讨论），然后御批下发，由尚书省工部执行。这一波操作中，任何一个部门都可以否定这个想法。如果各方面都秉持为人民谋幸福的崇高理想，一致通过，皇帝也愿意从内廷拿出一部分脂粉钱来支持项目，就可以立项。当然，尚书省需要成立一个项目领导小组，因为杜甫建议的是“广厦千万间”，是个大工程，还不能是豆腐渣工程，要做到“风雨不动安如山”。首先要解决经费问题，这一大笔钱从哪里支出？这就

[1] 孙欣欣著《李沂〈唐诗援〉与明末清初诗歌思潮》认为明代有两个李沂，作《唐诗援》的应当时明末清初的李沂。原载《文学遗产》2013 年第 2 期。

要与户部协商，户部原来管收税，安史之乱以后，这一部分职能转移到了盐铁、度支、转运使这一系统里，那就还要和度支系统协商。增税是个办法，但暖了“寒士”，寒了百姓的心，不太合适。挪动一点军费？就怕影响到边塞军事行动，这要与兵部联系；工部内部也有许多协调工作要做，不能影响其他重大项目的落实，如长安一百零八坊（或说一百一十坊）的维修工作、南北向朱雀大街的植树工程，大明宫的翻建工作、兴庆宫龙池的疏浚，平康里旧城改造、龙首渠的引水工程等，要和度支使等有关部门协商，拿出具体方案。

除了中央政府的协调工作，更让人头疼的是落实到地方的问题。

唐代国家政务机构的主体是尚书六部、州（含都督府、都护府）、县三个行政层级，到唐代中后期，由于地方普遍设立了节度、观察使（唐人称之为方镇），在政务运行中增加了一个层级。这么大的惠民工程，方镇、州、县各级衙门如何对接？下面的官员未必完全理解项目的重要意义，更不知道如何落实。当官的大多是读书人，谈理想很在行，做具体事务，就露出“措大”相了。

各地经济状况差别很大，不能一刀切。边远地区、贫困地区，还有李唐起家的老区，老百姓的日子过得紧巴巴，各地藩镇、州府、县府是否支持并愿意落实这一功在当代、利在千秋的世纪工程？是否能拿出个良性互动的方案，比如中央财政拿一点，各地节度衙门会同州府拿一点，老百姓自己拿一点，共同解决这个问题？或者州、县解决供地问题，中央政府提供经费？

还有很多其他问题，比如监察院也必须参与进来，地方豪强也许会影响政府决策，把顶层设计的好政策给带偏了，把应该提供给贫寒士子的公屋给了地方豪强子弟。

古代的县级政府部门（唐代称为县司）是执行力很弱的部门，在考察、编制寒士信息表的时候，还要依赖乡一级机构来提供信息。唐朝基层组织结构为：四家一邻，五邻一保，五保一里，五里一乡。乡一级机构公务员很少，只有一两个“耆老”之类的乡绅代行召集人之职，再往下，虽然是里有里正，村有村正，保有保长，但都是临时性、非全职的召集人性质。

基层的邻、保是一种网格化管理的单位，互相牵连，互相担保，为的是减少犯罪。但邻、保长期合作，保不定会串通一气，发生私分公屋建设经费的事。

总之，杜甫的建议属于公知文章，热度高是妥妥的，但很难落实，虽然这不妨碍人们对杜甫的热爱，因为关心人民永远是正义的事业。

我们引经据典说了这么多，无非是证明要落实杜甫的设想，难度很大。但在有一个朝代，杜甫的建议还真的得以初步达成，这就是中国历史上文化最灿烂的宋代。

说起公屋或廉租房的历史，一般都认为廉租房诞生于西欧国家的近代化过程，比如说英国早在 1844 年就成立了住房协会，为工资收入最低的工人提供廉价出租房。但许多人未必知道，我国宋代就有了比较完备的廉租房制度，相当于公屋制度。这些公屋主要是给没有房子的官吏临时租住的，但小生意人，乃至百姓，有需要时都可以申报租用公屋。据计算，大致每个月租金五百文。遇到困难的时候，还有配套的减免措施，一般人还是付得起的。当时开封的劳动力市场价格大约为每天二百文，苏辙《论雇河夫不便札子》：“民间出雇夫钱，不论远近，一例只出二百三十文省。”朱彧《萍洲可谈》卷一载：“州县选人，有般（搬）家人二名，日给雇钱人二百（文）。”

这么看，宋代的公屋制度是世界上最早出现的惠民设施，追溯其动议来历，不应该忘记杜甫的这两句诗，不应该忘记杜甫的仁者胸怀和美好愿望，是杜甫的诗歌启发了世界上最早的“公屋”概念。

如此说来，这首诗真的好伟大啊！

诗圣·杜甫：

让我们众筹给杜甫买一部手机

如果穿越到唐朝，你最想关怀哪一位诗人？

想想我们尊敬的老师、大诗人杜甫跟在富二代的宝马后面奔跑着，吸着灰尘，陪他们飙马，然后分享一点残杯冷炙，我的心都痛了。

通过检查手机上的老杜留言，还可以解决一个千年未定的难题——杜甫究竟是怎么死的？

如果穿越到唐朝，你最想关怀哪一位诗人？

杜甫生前其实很寂寞，很小众，算不上受大众爱戴、潮流追捧的“人民诗人”。若能穿越，我的建议是，大家集资给杜甫买个手机，有了手机，我们就有了一个鲜活快乐的杜甫，而不是一个“沉郁顿挫”的杜甫。

杜甫在世的时候，知心的朋友不是很多，他热心待人，别人却不怎么把他当回事，文人圈里的大咖也不怎么看得上他。有了手机，杜甫可以建立很多个朋友圈，每个月发一条阅读量“10 万 +”的诗歌，再配送几条“鸡汤”文，名气立马上来。

有了手机，不仅能提高杜甫的知名度，还能帮助他与家人交流。

杜甫长期在外漂泊，加之遇上安史之乱，与家人天各一方，“烽火连三月，家书抵万金”，连个话也捎不过去，只有干着急。唐代有发达的物流体系——驿站。驿站快递的速度是每天一百八十里，重要文件可以加急，每天三百里。全国约有一千六百个驿站。据民间戏文传说，若遇紧急情况，如突发战事，驿站看到加急鸡毛信，拿出为国跑死马的精神，可以做到一天八百里急递。然而，那得用来递送军事情报或者快递杨贵妃喜爱的荔枝，老杜是无法使用这种服务的。但如果有个手机，老杜给家里发个短信，即使没有红包，那也是“抵万金”的资讯啦，杜太太就不用“今夜鄜州月，闺中只独看”了。

杜甫一辈子清贫，不知道“清狂”的滋味，给他配个手机，也能嘚瑟一回。

杜甫七岁学诗，十五岁扬名，一生不得志，只做过一些“左拾遗”之类的小官。“拾遗”“补阙”和“淘宝”“捡漏”不是一个意思，这是官名，但级别很低，就是没事找事、负责收集民主建议这样的小公务员。他大半生过的是颠沛流离的生活，他曾经如实记录了自己在“长安漂”的生活状态：

> 朝扣富儿门，暮随肥马尘。残杯与冷炙，到处潜悲辛。（杜甫《奉赠韦左丞丈二十二韵》）

每次读到这几句日记式的大唐一流诗人生活记录，我都忍不住潸然泪下，我都不忍心翻译。想想我们尊敬的老师、大诗人杜甫跟在富二代的宝马后面奔跑着，吸着灰尘，陪他们飙马，然后分享一点残杯冷炙，我的心都痛了，真的是万恶的封建社会啊！（秦以后算不算封建社会，在这里就不争论了）但古代落魄文人既没有作家基金，也没有社会低保，他得活下去啊。他没有粉饰自己的“长（长安）漂”生活，而是如实地记录下自己生活的惨状。

他一生好像没有玩过时髦产品。少年时代，因为老爸好歹也是官吏，过了几天好日子，骑过好马，穿过皮风衣（轻裘）。此后就一蹶不振，连骑的马也是瘦马，为此他还写过一首《瘦马行》。

又比如，当时最新潮的西域进口原装葡萄酒，好多诗人都喝过，还在诗里显摆过，如李白《对酒》：“葡萄酒，金叵罗，吴姬十五细马驮。”王翰《凉州词二首》：“葡萄美酒夜光杯，欲饮琵琶马上催。”但在杜甫诗歌里就没有出现过，他喝的总是“浊酒”，也就是酒糟都没有过滤的低档酒，如“艰难苦恨繁霜鬓，潦倒新停浊酒杯”（杜甫《登高》）。这两句意思是：生活艰难，两鬓霜白，穷困潦倒，连带酒糟的二锅头都喝不起了。估计不是他不想喝葡萄酒，是没有钱买。

杜甫为人非常谦恭、非常低调，文学评论家可以把杜甫称为“老杜”，但没人敢把李白称为“老李”，不信你试一个，不用李白动手，早有人削你了，大家都称李白为“太白”“诗仙”之类的。

这么有才华的诗人，因为不会搞宣传，当年的粉丝也不多。放到今天，有了手机，我们给老杜拉几个五百人的粉丝群，通过手机天天发他的诗歌，名声起来了，那也是能挣些铜钱的。

尽管个人遭遇不幸，但杜甫却无时无刻不忧国忧民。我们热爱杜甫，不是因为他可怜，而是因为他可敬。他写了很多关怀民生、为民请命的诗歌，表达了对这块土地的热爱，对下层人民的关切。老杜不仅热爱人民，忠于朝廷，观察力也很强，通过长期沉淀于社会底层的观测，加上他个人的超前判断，他竟然预言了安史之乱的发生，并写下了“朱门酒肉臭，路有冻死骨”这样的警世名句，他就是大唐由盛转衰的记录者。如果他有一部手机记录时代风云，他的历史性巨著如“三吏”“三别”将具有更加震撼性的力量。

通过检查手机上老杜留言，还可以解决一个千年未定的难题——他到底是饿死的，还是病死的，还是“胀死的”（郭沫若说），还是投身湖泊、“自绝于人民”的？

总之，环视大唐域内，最需要手机的就是我们的老杜。

再次呼喊：让我们众筹，给老杜买个手机！

孟郊《游子吟》：

铩羽回乡，只有母亲问我累不累

这一次，赶考的信息不再告诉邻里乡亲，除了要借钱的那几家。

母亲只能把日后儿子在外时妈妈每一刻的关心、每一天的祈祷，密密地缝进这每一道线路中。

《游子吟》，回忆的是多年前一个永远温暖着他，也温暖着天下所有高考落榜生的亲情细节。

慈母手中线，游子身上衣。临行密密缝，意恐迟迟归。谁言寸草心，报得三春晖。

——孟郊《游子吟》

一千多年前，一个被科举考试折磨得心头流血的士子，又一次灰溜溜地回到了故乡，他就是苦吟诗人孟郊。

孟郊的家庭不算赤贫，但绝对评不上“富农”。父亲早逝，虽然生前担任过昆山县尉，但俸禄微薄，为人又清正，因此，没有留下什么家产。家中还有两个眼巴巴等着大哥带领全家翻身奔小康的弟弟，要想改变人生，当时只有华山一条路——参加科举，争取进入公务员队伍。隋唐已经比前朝开明，有了科举考试，士子应举，原则上允许“投牒自进”，不再遵循前朝的“察举”制度，一定程度上避免了“上品无寒门，下品无世族”的不公。也就是说，除了官学的生员，唐代自学成才、品行清白的民间优秀中青年，经过地方有关部门的考察后，都可以参加科举考试，下层知识分子好歹有了一条比较公平的晋身之路。孟郊到四十岁正式加入科考大军，年龄是大了一些，但在“三十老明经，五十少进士”的唐代，也算在合理年龄段之内，到了清代，还有曾孙提着“百岁观场”的灯笼，陪着曾祖父参加科举的稀罕场景呢。

当年科举录取的进士名额实在太少了，孟郊落第多次，这次又是名落孙山，铩羽而归，真是没有面目回故乡啊。但不回故乡又能去哪里呢？家里还有天天倚门盼归的老妈妈。

唐朝有了每年定期考试的制度，叫作常科，安排地方上报考的学子在每年的十月，随地方向京师进贡的粮税特产一起解赴朝廷，称为“发解”。可见，学习优秀的人才也算国家财富。孟郊回到家休整了一段时间，临近年底，半血复活，心有不甘，再说在家待着，也没有别的出路，还是收拾盘缠，收拾心情，准备出发迎考。就像每次赶考前一样，只觉得自己写的文章诗词，篇篇精华，字字可人，但凡碰到个识货的，都能看出我是栋梁之材啊，相信这一次一定会碰到个诗文领班、再世伯乐。当然，这一次，赶考的信息不再告诉邻里乡亲，除了要借钱的那几家。

只是，看着苍老的妈妈昨天夜里就着如豆的油灯为自己缝补衣服，万般伤感涌上心头。参加科举多次，每次败北归来，特别受不了隔壁老钱家的反复安慰，更受不了“仇家酒庄”翠花妹的哀怨眼神，那眼神仿佛在提醒：你看我也老大不小了！只有妈妈不问成败，见到落第归来、风尘仆仆的儿子，除了心疼就是欣喜。别人问我飞得高不高，只有妈妈问我累不累。现在，又一次出发，母亲依然在默默为游子准备着行囊。这一幕刻在了诗人孟郊心中，经过多年打磨，终于在多年以后写成了举世传颂的诗篇。

慈母手中线，游子身上衣。

开头两句用“线”和“衣”两个最常见、最普通的物品将“慈母”与“游子”紧紧联系在一起，写出母子之间最家常、最深厚的联系。

临行密密缝，意恐迟迟归。

这两句写的是慈母缝衣的动作，表达的是母亲的担忧以及游子对母爱的深切体会。古代的旅行十分不易，路途艰险，通信不方便，人身安全就只能靠天了。每一次长途旅行都是一次生死离别，出行者自然十分伤感，但更加提心吊胆的是在家里眼巴巴望着行人归来的亲人，特别是把孩儿天天挂在心上的母亲。

天下母亲都为成功的孩子欣喜，但天下母亲都对失败的孩子特别疼爱。知道儿子在外赶考有诸多艰辛，所以，“临行密密缝”，也就是“意恐迟迟归”。她只有、只能把日后儿子在外时妈妈每一刻的关心、每一天的祈祷，密密地缝进这每一道线路中。

谁言寸草心，报得三春晖。

最后两句道：儿女如小草，慈母如春阳。小草沐浴阳春而生发，但永远无法回报阳光照耀之恩典。诗人凄苦奔波的一生充满了寒意，一个被科举折磨到半夜低泣的男子汉，只有在梦里回家找妈妈：“一夕九起嗟，梦短不到家。”（孟郊《再下第》）好在他也曾有过被母爱光辉照亮的时刻，那温暖的一刻，不仅抚慰了他的廖落，也支撑了他的坚强。

孟郊落第多次，一直到四十六岁才中举，虽然晚一些，但这已经是喜从天降了，他高兴得忘乎所以，写下了“春风得意马蹄疾，一日看尽长安花”的诗句。好歹，苦心诗人孟郊也心花怒放过一回。后来，又谋得一份低阶官差——溧阳（今属江苏）县尉，公务之余，常常回想起当年离家赶考时母亲为自己补衣的情景，那是一个抹不去的记忆。但再看一看当下并不发达的境况，又是羞愧在心，小小九品芝麻官哪能够报答母亲的恩情呢？感恩加惭愧，写下了这首字字情深的《游子吟》。回忆的是多年前一个永远温暖着他，也温暖着天下所有高考落榜生的亲情细节。对于没有被历史记录下来的无数科举考生，那是一个共鸣度很高的场景。

崔护《题都城南庄》：

“桃娘”故事是真“本事”还是说书人编排的假故事？

从此，有人宁愿用一生的守候，换取人世中的匆匆一见。

这首诗只是反复渲染桃花和人面的美丽，并将两个意象组成重合的画面，形成了中华古诗词中的最美意象组合之一。

仔细体会，孟棨《本事诗》所载这段桃娘姻缘“本事”，其真实性值得怀疑。

去年今日此门中，人面桃花相映红。人面不知何处去，桃花依旧笑春风。

——崔护《题都城南庄》

唐代崔护的《题都城南庄》是一首很动人的爱情诗，非常深情，非常感伤，桃花树下嫣然一笑的温柔荡漾了无数青年的梦，那位书生一遇而终生不忘的倾诉也开启了“一相逢，便胜却人间无数”的古典爱情模式。从此，有人宁愿用一生的守候，换取人世中的匆匆一见。

这首诗短短四句，词语还有重复，为什么如此受欢迎？因为它描写了一种纯粹的爱情，爱的来临仅仅是命运的馈赠，情感的迸发只与青春和桃花有关。

去年今日此门中，人面桃花相映红。

没有铺叙，一开头就直奔印象最深的时刻，写爱的相遇。去年今日，桃花树下，因为见了，所以爱了，不期而遇，两情相悦，是邂逅，是一见钟情，是前世姻缘的今生纠缠，是宝黛初见之恍惚不解。

人面不知何处去，桃花依旧笑春风。

在春风桃树下见了伊人一面，就喜欢上了，甚至没有来得及仔细打量爱的对象，就转身离去。但因为那匆匆一见，从此忘不了你的容颜。以为“眼缘”就是相爱的船票，来日方长，青春常在，来年春风里，再来偿还相思债。今日再来，同样的地方，同样的季节，我要找回同样的你。孰料再寻故地，桃花依旧，春风依旧，伊人不见。我睁眼寻觅，你却爱而不见，我恍惚凝视，却仿佛在桃花深处看到了笑吟吟的你。旧时桃娘，你到底在哪里?!

桃花这一意象的内涵非常丰富，《诗经》时代就以“桃之夭夭，灼灼其华”作为婚姻爱情的比兴背景，后来，桃花又与道家长生观念结合，形成了以桃源仙女为符号的邂逅爱情的故事。这首诗没有直接抒情，只是反复渲染桃花和人面的美丽，并将两个意象组成重合的画面，形成了中华古诗词中的最美意象组合之一。

这首诗流传久远，影响甚广，唐代孟棨《本事诗·情感》还提供了这首诗的“本事”(也就是故事真实来源)。唐朝文人记载唐朝诗人的故事，应当真实可信吧。但仔细体会，孟棨《本事诗》所载这段桃娘姻缘的“本事”，其真实性值得怀疑。我认为，“本事”非真，是说书人造假的文本。

《本事诗》记录或者说编造的这个故事，与原来的诗歌意境大相径庭。原诗语言简短，重在言情，点到为止，韵味悠长，但在《本事诗》的故事文本中，男主人公的形象已经近似有文无行的唐代小混混，故事整体框架采用的是民间常用的大团圆模式，诗意的悲哀变为凡俗的甜蜜，整体来说，适合市井说书人用作故事脚本。

在这一篇文章中，我们将换一种阅读方式，以注释的方式来解读“本事”所用文本，意欲通过对“本事”逐字逐句的文字解释，透析故事背后的文化背景和人物心理，以期读者通过阅读对比看出诗文二者之间的情趣差异。

《本事诗》传世有《古今逸史》《津逮秘书》《历代诗话续编》等不同版本。不同版本的文字略有差异，但主要情节和文字基本一致。

以下为孟棨《本事诗·情感》原文，让我们逐句解读。

博陵崔护，资质甚美，而孤洁寡合，举进士下第。

这是关于唐代诗人崔护的故事，但开头交代故事主人公崔护时加上了“博陵”二字。这里有一个文化知识点，也就是郡望问题。南北朝至唐代，郡望是重要的个人背景资源，由于历史的原因，某些姓氏，特别是某些郡府的大姓，本身就是重要的人脉资源、品牌保证。只要在你的姓名前加上显赫的郡望，其他都不用介绍，别人就会恭敬有加，以至于某些同姓文人都要攀附这个郡望，如韩愈，本来不是出于“昌黎”一族，但自称“郡望昌黎”。南北朝时，博陵崔氏为第一等的高门大族。至唐朝初年，全国位居首列的五姓七族中，崔姓占了两家，即博陵崔氏与清河崔氏，仅在唐代，崔氏累计出了 29 位宰相。唐朝子女婚嫁首重门第，虽然李姓是国姓，排在第一，但崔姓依然是传统大姓，即使身为宰相的李义府也因不属“五姓七族”中之望族，在为其子向山东崔氏求婚时，遭到拒绝。所以，故事的开头介绍男主人公是“博陵崔护”，就是在告诉你，我讲的故事属于上流社会的八卦新闻，主人公出自名门大姓，放在今天，内在“映射”的含义是，我们讲的是一个视“一个亿”为小项目的公子哥儿的故事，讲的是曾经的王孙哈里的八卦故事，好听吧！

“资质甚美”中的“资质”不是建筑公司的经营牌照，而是指个人气质。至于“孤”而“洁”，是那个时代清流文人的人品模式。“寡合”，则突出崔护鹤立鸡群、孤高自傲的一面，说明他是大户子弟，但不是薛蟠式的富家后代，而是历十八代富贵熏陶出来的贵族文人。“进士”属于当时最有人气的明星圈，唐朝开科取士，最重进士科，当时有“三十老明经，五十少进士”的说法。崔护因为下第，心中郁闷，外出游览散心，情节合理！

清明日，独游都城南。

清明原为祭祀祖先之节日，但到唐代，融汇了寒食节与上巳节的习俗，已经与三月三男女踏青、水边游戏活动合到一起了。因此，这一天就是实际上的古典情人节。

“独”字有戏，可见自作主张。长安“城南”是隋唐时代著名的皇家园林区，有曲江池、大雁塔、芙蓉园等名胜，到唐朝，曲江性质有所改变，成为长安唯一的公共园林区。

得居人庄。一亩之宫，而花木丛萃，寂若无人。

“居人”即“居民”，唐代避李世民讳，“民”改为“人”。“宫”也可以是民居，但不应是茅草屋，是有一定的规模、多间居室相连相通的建筑。如此这般，“宫”中女子也才配得上与大户人家子弟对话。此地不闹腾，适合斯文交流，既没有众目睽睽，也没有针孔摄影，不会打搅可能的情感交流。

扣门久之。有女子自门隙窥之，问曰：“谁耶？”

“自门隙窥之”，这个细节说明“女子”有把持、有风度，不是随便开门的女孩子。“窥”字也写出“女子”性格中的小清新、小可爱特征，虽尚未完全修剪，但也不是无知无识的乡村女子。

护以姓字对，曰："寻春独行，酒渴求饮。"

直接报上姓名，说明崔护知道自己姓氏的含金量。"寻春"，有诗意，也是文人模样：小女子，你且不要害怕，我不是流氓无赖，我是诗人，请开门。"酒渴"，当时人听到这两个字，和今天我们听到的感觉不一样，"酒渴"不是后代酒鬼的醉态形象，是一种很上流的姿态。如"葡萄酒"在唐朝是高档进口物品，一般人是喝不起的，醉酒是富裕阶层、上等阶层才有的姿态，等于现代白领"醉咖啡"。所以李清照写自己醉酒就不是出乖露丑，而是"臭美"显摆，后来梅兰芳表演的"贵妃醉酒"也成为经典的可爱美女形象。

女入，以杯水至。开门，设床命坐。

安意如《世有桃花》有专门一节，是这首诗的故事化叙述，对女子"以杯水至"的细节增加了细腻的心理描写，增录于此供读者体会：

（小女子）自己到厨下打了一碗水端出来，临转出时，对水照了照，自觉仪容端正，虽未来得及修饰，好在尚可见人。其实，可以更好看一点的。[1]

"设床"的"床"不是现代意义的"床"，不可误解，否则太轻佻。东汉许慎《说文解字》："床，安身之坐者。"床显然在当时是个坐具，而东汉末年刘熙所著的《释名》中，又指出"人所坐卧曰床"。床在此时又成了坐、卧两用的家具。床之用途的变化，说明了时代的变迁带来

[1] 安意如《世有桃花》，万卷出版公司，2010 年 7 月。

的生活习惯改变。

独倚小桃斜柯伫立，而意属殊厚，妖姿媚态，绰有余妍。

女子倚靠在庭院桃树下斜立，是与男子保持距离，但也是下意识地保持美的姿态。“厚”字用得妙，后一句却不免有些俗，暴露出崔护（其实是说书人）的“非正派”男性目光。所以说，这个故事适合市井，但不是崔护的诗意。“绰有余妍”四个字写女子之美，但没有说明这位“桃娘”是贵妃型还是梅妃型，从文字的“余光”来看，估计桃娘符合唐人审美，比较丰满。

崔以言挑之。不对。彼此目注者久之。

“挑”字直率，甚至粗鲁，是男人举动，不是男孩反应，没有青涩，没有害羞，看来是老手，与原诗中的诗人形象有本质区别，也是市井说书人启发听众联想的手段。“对”是答对，桃娘“不对”，就是不接他的话茬，能把持，有教养，不像某些热情大胆的现代人，见到个明星就扑上去喊“把命给你”。注目礼是某些男人，特别是“海王”文人最欣赏的态度。“注目”，说明这女子内心已接纳，但暂不挑明，留下余地，也不缠人，而“缠人”是某些交友泛滥的轻浮男子最害怕的“好事”。

崔辞去，（女）送至门，如不胜情而入，崔亦睠盼而归，嗣后绝不复至。

这还是市井男人眼中的女孩子，一杯水的工夫就“搞掂”，女孩子对自己一见钟情，“不胜情”就是女孩子控制不住的情感流露，可见单纯，可见这个男人魅力如魔。“睠眄”，“睠”同“眷”，也就是“眷顾”，带着深情的回顾；“眄”同“盼”，也是用眼睛来“撩”人。总之，“睠眄”应该是很酷的眼神，这是男子临别前的表演，以牵引对方的心，将魅力魔法进行到底。

这一别便是整一年不见，没有思念，也没有传书，你要问他为什么，他一定说是复习备考，心无旁骛。如此轻薄，与前面女子的“意属殊厚”形成对比。

> 及来岁清明日，忽思之，情不可抑，径往寻之。

可见这个故事中的男主人公对这段情感并非理性考量，认真对待，而是以情性主导。春风一吹，清明将临，他想起来还有这么件事，准备再去试验自己的魅力。“径”就是直接，注意，这一个“径”字表现出男主人公充满自信的好感觉，也就是相信自己已经完全把握了这一场游戏，收放自如，想去就去。

> 门墙如故，而已扃锁之。

说书人安排如此情节，以便男主人公因不遇而触发伤感，而留诗一首。

> （崔）因题诗于左扉曰：“去年今日此门中，人面桃花相映红。人面不知何处去（一作“人面只今何处在”），桃花依旧笑春风。”

这首诗通俗抒情，容易打动文青女孩。有个疑问，他随身带了笔墨吗？也有可能，游春可能带了篮子或书箧，可以放食物和文具。关于“题诗于左扉”，不太理解，为什么要题诗在左边门扉，有什么特殊意义吗？读者有高明者，请指点。

> 后数日，偶至都城南，复往寻之。

“偶至”是故事发展需要，为的是推进情节，当然也可以解释为吃不到的葡萄更甜。这个男子，姑且作为崔护来理解，也不是学习认真的人，动了心思便又过来寻找女子，寻找好感觉，这时候就不管高考复习之事了。

> 闻其中有哭声，扣门问之。有老父出曰：“君非崔护耶？”曰：“是也。”又哭曰：“君杀吾女！”崔惊怛，莫知所答。

这是戏剧情节安排，市井说书人到此要顿一顿，或喝口茶水，或开始敲锣收钱。

> （老）父曰：“吾女笄年知书，未适人。自去岁已来，常恍惚若有所失，比日与之出，及归，见在左扉有字。读之，入门而病，遂绝食数日而死。吾老矣，惟此一女，所以不嫁者，将求君子，以托吾身。今不幸而殒，得非君杀之耶？”又持崔大哭。

古代女子年满十五须束发插簪，故女子十五岁称为“笄年”，也就是少女时代。“知书”，言其有文化。“未适人”，言下之意，就等着你崔君来迎娶呢！然而她却“常恍惚若有所失”，这是怎么回事，你崔护比我清楚。所以说，女孩子不宜早恋，一谈恋爱，情感主导，恍恍惚惚，考试成绩直线下降。“绝食数日”，说明是殉情而亡。

后面几句话则比较老套。

> 崔亦感恸，请入哭之。

崔护这是不信“老人言”吗，还是想再次表演？还是确实有负疚感？

> （女）尚俨然在床。崔举其首，枕其股，哭而祝曰：“某在斯！某在斯！”（女）须臾开目，半日复活。

“俨然”，整饰貌。如此安排，有舞台美感。“祝”最早见于甲骨文，像一个人跪着祈祷的样子，本义是祝愿祷告。“某在斯”，大致等同于贾宝玉哭灵：林妹妹，我来迟了！来迟了！至于“复活”这种奇迹，我们只能以临时性高血压中风来解释了。

> 老父大喜，遂以女归之。

皆大欢喜，成就了中国的桃娘公主与白马王子的故事。

以上故事出唐代孟棨《本事诗·情感》。通过以上解读，我相信，读者对原诗和“本事”的情趣异同自能分别高下。

附录：

一样的意象叠加，不一样的情感表达：崔护《题都城南庄》与庞德《在地铁站内》比较

“意象叠加”是二十世纪初十分流行的诗歌写法。

诗人崔护没有学过现代文艺理论，纯粹凭诗的感觉来表达，但按照现代意象派的归纳，他将桃花和人面重叠在一起来借景抒情，这种手法就是意象叠加。而且，通过比较，可以看出，崔护的意象叠加手法更加自然，其画面也更加明媚鲜艳，充满正能量。

美国现代派诗人埃兹拉·庞德（Ezra Pound，1885 年 10 月 30 日—1972 年 11 月 1 日）是意象派（imagism）诗歌运动的领军人物，他的最著名的诗歌《在地铁站里》(《In a Station of the Metro》) 就使用了意象叠加的手法，而且也是人面与花枝的叠合：

The apparition of these faces in the crowd;
Petals on a wet，black bough.

原诗就是两组并列的意象，没有关联词表达次序，也没有逻辑性的因果说明，任凭读者自己组合。这首诗有很多种中文译本，我自己翻译如下：

人群中这些幻化的面庞；
铁青色枝干上湿湿的花瓣。

——埃兹拉·庞德《在地铁站里》

我和其他翻译不一样的地方是，其他人把“black bough”翻译成“黑树枝”（余光中译）、“黑色枝条”（杜运燮译）、“黑树丫”（李英浩译）、“暗淡的树枝”（周伯乃译）等，我翻译成“铁青色枝干”，我想，这色彩适合二十世纪初的巴黎地铁站。

诗写的是地铁站内恍惚间成像的画面，可能是诗人在地铁站内的花店或别的地方看到花枝上湿漉漉的花瓣，留下了深厚的印记，那个画面还没有消失，此刻又叠加上了人群中匆匆掠过的几个俏佳人和 cute and sweet（可爱的）儿童的面庞。

我们先看一看诗人自己关于“意象叠加”这一写作灵感来源的说法：1913 年的某一天，庞德在巴黎协和地铁车站下车，突然间，“看到了一个美丽的面孔，然后又看到了一个，又看到了一个，然后是一个美丽儿童的面孔，然后又是一个美丽的女人”。[1] 诗人诗情勃发，留下了 31 行诗，一年后浓缩成现在的两行诗。诗人还介绍了他不断寻找最适合表达他当时诗意感受的过程：“忽然我找到了表达方式。并不是说我找到了一些文字，而是出现了一个方程式。”“不是用语言，而是用许多颜色小斑点。”“这种‘一个意象的诗’是一个叠加形式，即一个概念叠在另一个概念之上。”[2]

庞德曾对“意象”下了这么个定义：意象便是当一个外界客观的事物进入脑海化作一个主观内存的东西的时候，那一瞬间的印象，是“一刹那间理性与情感的复合体（intellectual and emotional complex）”。[3] 这首诗中出现了人面和花瓣的底片叠印一般的传神效果，而这种效果就反映了意象叠加的内涵。

只有意象叠加呈现，情感隐藏于诗句后面，这不就是中国古典诗词

---

[1][2] 刘岩《中国文化对美国文学的影响》，河北人民出版社，1999 年。

[3] 蒋澄生、廖定中《英语学习背景知识精粹》，上海外语教育出版社，2002 年。

最常见的借景抒情吗？

有意思的是，庞德确实对东方文化情有独钟。他曾经用英文、意大利文翻译过《大学》《中庸》和《论语》等，他对东方诗歌特别感兴趣，他从中国古典诗歌、日本俳句中生发出“诗歌意象”的理论，为东西方诗歌的互相借鉴作出了贡献。1915年，庞德发表了中国古诗英译本《中国》(《Cathay》)，一般认为，这是他根据东方学学者芬诺洛萨（Fenollosa）的遗稿而译成的，庞德当时还不太懂中文，他的译作是由日译本转译的。我怀疑，他读过崔护的这首诗，或读过类似写作风格的诗，并留下了深刻的印象。

当然，诗作的时代不一样，背景不一样，诗歌意象也就不一样。庞德笔下人脸和花枝的叠合，再没有牧歌时代桃花人面的悠长和宁静的意境，反映的是现代社会上班族的匆匆与无奈：也许是在拥挤的地铁内，匆匆掠过的几张脸庞“很有看头”，也留下起初的好感，但身在快捷嘈杂的地铁，连注目礼都变形了，无法送达一见有情的对象，甚至，连一见有情的感觉都无法形成。因此，过客的形象无法定格，只能与残留在脑海中的“铁青色枝干上湿湿的花瓣”叠加到一起。

同样的情节，同样的匆匆一见，在现代社会，却很难演绎成一见钟情，而成为生活中的无数泡沫的一个。现代诗歌表现的是一种残缺、破碎、纷繁和无奈，不仅是无力追求，也是无心追求，也就是说，最美好的情愫已经在物欲滚滚的红尘中，在日益发达的工业化、后工业化时代湮灭了。庞德的诗写的是零散变形的人面加上湿湿的花瓣，写的是一见钟情的好感觉被现代社会的破碎意念冲击得毫无诗意的残留滋味。此刻，我们多么羡慕崔护拥有的完整的好感觉，哪怕是伤感。

与庞德的《在地铁站里》有异曲同工之妙的诗作还有戴望舒的《雨巷》，也是人面与丁香花的叠加，但与崔护的诗相比，如江南的梅雨天，诗的情感绵长而忧伤，缺乏桃花诗的奔放与热情，甚至有病态的感觉。

这么说来，我们就更加喜爱崔护的这首桃花诗了。

所以，要说“意象叠加”的手法运用，还是唐代诗人崔护的桃花诗高人一筹。

“山有木兮木有枝，心悦君兮君不知。”既然我们喜欢桃娘，也喜欢纯情的诗人，那就让我们在诗歌里相见吧。

白居易《琵琶行》：

生命的感伤，只能以文艺来拯救

真正的“浔阳印象”音乐会难道不应该是这样的吗？以大自然为背景，以偶遇的听众为对象，江水与芦苇、清风和明月都是聆听者。

苏东坡说“白俗”，有点伤了“白铁粉”的心。

白诗就是比胡适早一千多年的白话体啊！

元和十年，予左迁九江郡司马。明年秋，送客湓浦口，闻舟中夜弹琵琶者，听其音，铮铮然有京都声。问其人，本长安倡女，尝学琵琶于穆、曹二善才，年长色衰，委身为贾人妇。遂命酒，使快弹数曲。曲罢悯然，自叙少小时欢乐事，今漂沦憔悴，转徙于江湖间。予出官二年，恬然自安，感斯人言，是夕始觉有迁谪意。因为长句，歌以赠之，凡六百一十六言，命曰《琵琶行》。

浔阳江头夜送客，枫叶荻花秋瑟瑟。主人下马客在船，举酒欲饮无管弦。醉不成欢惨将别，别时茫茫江浸月。

忽闻水上琵琶声，主人忘归客不发。寻声暗问弹者谁，琵琶声停欲语迟。移船相近邀相见，添酒回灯重开宴。千呼万唤始出来，犹抱琵琶半遮面。转轴拨弦三两声，未成曲调先有情。弦弦掩抑声声思，似诉平生不得志。低眉信手续续弹，说尽心中无限事。轻拢慢捻抹复挑，初为霓裳后六幺。大弦嘈嘈如急雨，小弦切切如私语。嘈嘈切切错杂弹，大珠小珠落玉盘。间关莺语花底滑，幽咽泉流冰下难。冰泉冷涩弦凝绝，凝绝不通声暂歇。别有幽愁暗恨生，此时无声胜有声。银瓶乍破水浆迸，铁骑突出刀枪鸣。曲终收拨当心画，四弦一声如裂帛。东船西舫悄无言，唯见江心秋月白。

沉吟放拨插弦中，整顿衣裳起敛容。自言本是京城女，家在虾蟆陵下住。十三学得琵琶成，名属教坊第一部。曲罢曾教善才服，妆成每被秋娘妒。五陵年少争缠头，一曲红绡不知数。钿头银篦击节碎，血色罗裙翻酒污。今年欢笑复明年，秋月春风等闲度。弟走从军阿姨死，暮去朝来颜色故。门前冷落鞍马稀，老大嫁作商人妇。商人重利轻别离，前月浮梁买茶去。去来江口守空船，绕船月明江水寒。夜深忽梦少年事，梦啼妆泪红阑干。

我闻琵琶已叹息，又闻此语重唧唧。同是天涯沦落人，相逢何必曾相识！我从去年辞帝京，谪居卧病浔阳城。浔阳地僻无音乐，终岁不闻丝竹声。住近湓江地低湿，黄芦苦竹绕宅生。其间旦暮闻何物？杜鹃啼血猿哀鸣。春江花朝秋月夜，往往取酒还独倾。岂无山歌与村笛，呕哑嘲哳难为听。今夜闻君琵琶语，如听仙乐耳暂明。莫辞更坐弹一曲，为君翻作《琵琶行》。

感我此言良久立，却坐促弦弦转急。凄凄不似向前声，满座重闻皆掩泣。座中泣下谁最多？江州司马青衫湿。

——白居易《琵琶行》

《琵琶行》是一首叙事长诗，很难在有限的篇幅里条分缕析地逐句解读。关于《琵琶行》的主题思想，一般评论概括为：此诗通过对琵琶女高超的演奏技艺和她不幸经历的描述，揭露了封建社会民生凋敝、人才埋没等不合理现象，表达了诗人对琵琶女的深切同情，也抒发了诗人对自己无辜被贬的愤懑之情。这种主题阐释已经很周到完整，我就不再画蛇添足了。我想重点讨论作者对音乐的理解和诗化的表达以及白诗“俗”得可耐也可爱的特点。

我们先赏析这首诗对音乐出神入化的描写及其写作艺术上的引领作用。

第一，《琵琶行》不仅对音乐演奏的全过程有着完整而生动的再现，而且对听众参与音乐审美与创造起到了引领作用。

一千二百多年前的一个夜晚，在浔阳江边的一艘画舫上（想象而来），一个美丽而憔悴的女艺术家，用绝世的才华演奏了《霓裳》与《六幺》等唐代琵琶名曲。琵琶声在江面上荡漾，世间所有的嘈杂与骚动都已消散，音乐的结尾呈现的是宁静与圆满："东船西舫悄无言，唯见江心秋月白。"真正的"浔阳印象"音乐会难道不应该是这样的吗？以大自然为背景，以偶遇的听众为对象，江水与芦苇、清风和明月都是聆听者。

琵琶女的技艺和身世已经尘封多年，繁华落尽，清寒内敛，今晚，她遇到了"对的人"，她想梦回京都，今晚，她希望那一位第一次见面的失意诗人，为她写一首长诗，让她的生命和艺术留存于天地间。

生命的感伤，只能以文艺来拯救。

诗人白居易用长诗记录了这位琵琶女以爆发的生命力完成的表演，记录了一千多年前，两个伤情者凭借音乐和诗歌达成心灵的沟通，也记录了那一个晚上感动浔阳人的美好场景。

诗歌完整记录了演奏的全过程。诗作对乐曲结构的描述非常准确，过程描写细腻而丰富，从校音到序曲，从层层推进到形成高潮，从间歇空白到沉默以后的爆发，直至"曲终收拨当心画，四弦一声如裂帛"的戏剧性结束。全诗清晰地记录了那一个晚上琵琶演奏的现场实景效果，直到今天，这场琵琶演奏依然余音绕梁，不绝于耳。

在这些描写中，特别具有审美引导价值的是"别有幽愁暗恨生，此时无声胜有声"。诗人敏锐地感受到了在急管繁弦以后音乐停顿形成的回味空间，用"此时无声胜有声"，诠释了中国古典音乐留有"空白"的特殊魅力，对听众参与音乐审美与创造起了引领作用。这种"无声"和中国古代绘画中的"留白"一样，其审美意趣具有鲜明的中国特色和创造力。

第二，诗人对琵琶演奏的技术特征和内在精神都有着完美的把握。

如果说诗人是琵琶发烧友，一点也不为过。且说“轻拢慢捻抹复挑”几个字，都是琵琶演奏的手法，作者挑选这几个动作组合到一起，加上“轻”“慢”的动作幅度的描写，类似近镜头放大，读者似乎现场目睹了琵琶女的演奏手法。唐代后期，琵琶从演奏技法到制作构造上都有了很大的发展，在演奏技法上最突出的改革是由横抱演奏变为竖抱演奏，可以用拨子演奏，也可以用手指直接弹奏。“轻拢慢捻抹复挑”几个字就表现了琵琶演奏的新潮特征以及琵琶女的专业素养，不是琵琶发烧友加潮男是很难写出这种内行描述的。

白居易对琵琶的音色把握也十分准确。

琵琶的四弦是有区分的：由粗到细，分为缠弦、老弦、中弦、子弦，这些弦的区分是琵琶丰富表现力的物理准备，而这些命名则是结合了琵琶音色的富有生命感叹的人文表达。《琵琶行》的名句如“大弦嘈嘈如急雨，小弦切切如私语。嘈嘈切切错杂弹，大珠小珠落玉盘”，这种描写，采用了拟声和比喻的手法，清晰地展示了四弦的性质差别，表现了诗人之内心感应和意象浮现，同样具有音乐欣赏的引导作用。而“大珠小珠落玉盘”的比喻，切合琵琶“多骨少肉”的特色，因为琵琶演奏的音色清脆悦耳，与二胡的揉弦效果自然大不一样，与三弦、大阮的弹拨效果也不一样。《琵琶行》的这些音色描写都只能属于琵琶，作者的感受和表达十分准确。

第三，作者善于将音乐形象化为语言形象，以语言符号与音乐符号的完美匹配开创了一个新的美学解读模式。当然，由于它取得的成就太高，这种模式几乎后继无人。

我们很容易被音乐感染，但很难把自己的感受描写出来。因为，虽然音乐和诗歌都是时间的艺术，但还是有很大的区隔，音乐通过音符、节奏、旋律来触发情绪、激发思想，但音乐没有视觉形象，也没有明确的语义性，“只可意会，不可言传”；而诗歌是语言的艺术，通过语言符号描绘想象，可以直接传达情感。白居易的《琵琶行》打通了二者的内在联系，将音乐形象化为语言形象，使得文本阅读时如临其境，如闻其声。诗作使用大量的拟声、明喻、暗喻等手法创造意向性符号，给文本读者提供了一个具足的艺术符号空间，将听觉美向视觉美进行了多样性、多层次的转化，语言表达十分流畅，富有音韵美，诗作具有内在的音乐律动性，增加了音乐的可感性。

第四，这首诗不仅记录了演奏者的表演行为、细节动作，还记录了表演者的情绪变化，由音乐联系到艺术家人生的周折、生命的起伏，对音乐表演进行了二度诠释，既写了乐，也写了人。

比如，“千呼万唤始出来，犹抱琵琶半遮面。转轴拨弦三两声，未成曲调先有情”，诗作拈出这一幕细节来表达艺术家出场时的风度气质，对她内在的自重、自怜都有很好的理解和表现。琵琶女开始的调音，很轻、很柔、很美，矜持的态度来自抹不去的教养，这种有风度的出场不仅是对自己的尊重，更是对音乐的尊重。没有风度的演奏家，才会急不可耐，演出没有开始就先和观众眉来眼去。又如，“沉吟放拨插弦中，整顿衣裳起敛容”，一举一动，都能看出琵琶女富有内涵，其修养底色来自艺术大都会——京都。

第五，诗人对音乐的理解富有哲人情怀，以“知音”为音乐欣赏的最高目标。

《琵琶行》记录了诗人闻乐、触动、深潜乐境、谐律共振、知人论世、结交人间知音的过程。

诗人具有敏感的听觉、善感的内心、卓越的情商，能捕获并诠释音乐的表现意图以及音乐后面的人生际遇和世态炎凉。诗人对音乐的理解，已经上升到人生哲学的层级，最终与琵琶女形成了超越音乐的“知音”。

音乐来自内心，美妙的音乐符合内心的节奏。我们每一个人其实都有一个小周天，微观的内在结构非常精微复杂，而且极为广大。古人认为我们内在的小宇宙是一个混沌体，音乐引起的是一种个体的、独特的反应，但这是混沌的呼应，频率不同的人是无法呼应的，只有愿意理解他人、善感的人，才能产生“通感”，从而达到人我一体。

古代中国人通过“伯牙鼓琴”的典故告诉世界，我们是一个追求“知音”的民族，我们是一个善于感动的民族，我们是一个生死以交的民族，我们可以为音乐感动至死。白居易就是一个具有这种情怀的音乐大咖。

白居易诗的高明之处在于，声情并茂又通俗易懂，因此，他赢得了大量的拥趸，可以说，在中晚唐诗人群里，白居易的粉丝最多，从日本嵯峨天皇，到全身刺满白居易诗句的社会青年葛清（见《酉阳杂俎》），都属于“白铁粉”。

但也有一些文人“看不起”白居易的诗歌，因为白诗的通俗已经到了“混同于一般的老百姓”的地步。接下来我们谈一谈白居易诗的“俗”。

苏东坡在《祭柳子玉文》中提出的“元轻白俗，郊寒岛瘦”的评价，有点伤了“白铁粉”的心。其实，这话也不仅仅是苏轼一个人的意见，王安石也说过：“世间好语言，已被老杜道尽；世间俗语言，已被乐天道尽。”（《陈辅之诗话》）明代吴宽《校白集杂书六首其二》有句云：“苏州刺史十编成，句近人情得俗名。”

俗，一般来说，不是一听到就乐意接受的夸奖，因为与俗相关的词语大多是描写一些比较低档的事儿，“通俗”“尘俗”“流俗”“世俗”，还有“凡夫俗子”“随俗浮沉”，更有专门用来怼人的词语如“恶俗”“庸俗”“俚俗”“媚俗”等。哪怕你说的是“通俗”，这在自命清高的文人那里也属于贬低人格的评价。不信你试一试，你见到一位作家朋友，马上夸他“你的文字可真俗啊”，估计这朋友也就做到头了。

所以，有人就不喜欢苏东坡的评语，宋代张镃《读乐天诗》云："随人称白俗，真是小儿言。"

但结合白居易的诗作特点，我们不能不承认，苏轼说得对，白诗实在俗。当然，俗，未必就是低下，高雅自然不易，通俗又何尝容易呢？

我们今天就结合《琵琶行》，分析一下白居易诗句"俗"的表现和成因。

《琵琶行》"俗"在哪里？首先是语言通俗，所以受众广泛，包括下层民众。

白居易《与元九书》云："士庶僧徒孀妇处女之口，每每有咏仆诗者。"这应当是实录，而不是自夸。宋代释惠洪《冷斋夜话》卷一的记载更加具体地说明了"通俗易懂"是白居易的追求：白乐天每次作诗，都会读给一个大妈（老妪）听。如果她听懂了，就把诗记录下来。如果她听不懂，就重写。也就是说，白居易会尽量考虑老百姓的词语库，尽量与之匹配，用词不避简单重复，目的就是让你听懂，如"主人忘归客不发""今年欢笑复明年""前月浮梁买茶去""夜深忽梦少年事""老大嫁作商人妇"，这就是比胡适早一千多年的白话体啊！

其他如"主人下马客在船""今年欢笑复明年"，这些句子，无一字有难点，放到农村识字班，也是一听就懂。

白诗还有一个通俗化的法宝：大量使用数量词。古代百姓虽然文化低，但只要能做点小买卖，对数字基本都是很熟稔的。多用数字对语言的通俗化起到了明显的作用，如"转轴拨弦三两声，未成曲调先有情""曲终收拨当心画，四弦一声如裂帛""十三学得琵琶成，名属教坊第一部""五陵年少争缠头，一曲红绡不知数"。《琵琶行》不但多用数字，选用的大多还是二十以内的数字，为了达成通俗化，白居易是煞费苦心了。

写诗需要跳脱，表现思路之腾挪跳跃；要含蓄，追求言外之意；要朦胧，以求诗句具有联想的张力。一句话，写诗就是“不好好说话”，如李白的诗歌，思维跳跃，忽而“太行”，忽而“日边”，让你只能佩服，而无法追踪；杜甫的诗也有一定程度的“诘屈聱牙”，好听一点叫作“沉郁顿挫”。白居易的诗就不一样，他就是“好好说话”。别人是写写诗，他是说说诗，诗句的成分结构与说话顺序一样，逻辑清楚，如“主人下马客在船，举酒欲饮无管弦。醉不成欢惨将别，别时茫茫江浸月”。将送别的场景、过程，分手时的寂寞不欢，离人眼中所见到的冷月清江，按照发生的次序完整呈现，绝不用倒叙、插叙、跳跃、意识流这一套，让农村大娘一听就懂，很有成就感，“白铁粉”大娘回去复述也不会颠三倒四，保证了诗句叙述的故事传播时不走样。

明代俞弁《逸老堂诗话》云：“白乐天诗，善于俚语，近乎人情物理。”《琵琶行》也有不避俚俗的特点，如“自言本是京城女，家在虾蟆陵下住”。“虾蟆陵”是俚语，有人嫌其土俗，改为“下马陵”，但《琵琶行》却选用“虾蟆陵”这个称呼，这是老百姓喜欢的用法，与上一句的“京城女”自然形成一种雅俗对比、因矛盾的并列而产生的喜剧效果，老百姓听到这里不仅会哈哈一笑，而且特别有亲切感。

白诗还主动吸收当时最新流行的词汇，力求吃国家的饭，说人民的话，如“弟走从军阿姨死”。“阿”字作称呼词头这一用法，虽然汉魏已有，但唐代才流行，“阿姨”（有多种含意）一词应当是大众乐意使用的流行词汇，白居易敏感地捕捉到了这个新词汇，并用到了诗歌中。

除了语言和结构等方面的安排，在内容、选材等方面，白居易也有意走世俗化的道路，写普通百姓的生活，说老百姓爱听的传奇故事。

那么，白居易为什么有意求俗呢？

这与诗歌的时运有关，唐诗分为初唐、盛唐、中唐、晚唐，像一个人的一生，年少时气盛，追求创新，但不成熟；青年时才华横溢，盛唐就集中了最有才华的一批诗人，群星璀璨，他们怎么写都好看；中年时开始沉稳，但也想走自己的路，所以诗到中唐求变格，白居易走的便是通俗的道路，唐人李肇《国史补》卷下云："元和以后诗章……学浅切于白居易。"元和年间，诗坛兴起写身边琐事、咏日常生活的潮流，很多诗人达成统一认识，形成不成文的诗歌宪章：坚持把"俗"进行到底。

白居易也比较重"名"，有诗文传世的思想。唐代所有的大诗人中，为自己的作品编集最卖力、花心思最多的就是白居易。他曾经分三次亲自编排自己的集子，请人抄写了五本，分别放在庐山的东林寺、洛阳的圣善寺、苏州的南禅院，还有两部留给了他的侄儿和外甥。如此安排，即使遇上兵灾水火，总会有一个地方的诗集能保存下来。他的安排挺周到，唐代诗人留下诗篇最多的就是他。有人做过统计：白居易存诗2 800余首，杜甫存诗1 400余首，李白存诗1 000余首。[1]

白居易希望扩大自己诗歌的影响力，要走流量，吸引更多的读者，而作品通俗总是吸引大批量读者的法宝。

白居易晚年亲近百姓，有用诗歌为人民服务的思想萌芽，写了不少揭露社会矛盾、为下层人民呼喊的作品，如《秦中吟十首》《新乐府五十首》等。被贬下放浔阳期间，白居易更多地了解了民间疾苦，并主动地用通俗诗歌来与民众互通声气，下情上达，成了通俗派的"教主"。

---

[1] 具体存诗数量学界尚有争议，但总体看，白诗确为最多。

柳宗元《江雪》：

冰河雪钓，而意不在鱼

“千山”“万径”代表的是世界之广大，而“灭”和“绝”就突出了世界的广漠，“白茫茫大地真干净”。

这首诗的写作方法与现代电影中的镜头推移取景的方法有异曲同工之妙。

在一条奇寒的江上独自钓鱼的形象，到底是真钓还是假钓，是写实还是象征呢？

千山鸟飞绝，万径人踪灭。孤舟蓑笠翁，独钓寒江雪。

——柳宗元《江雪》

唐代诗人柳宗元《江雪》写了一个严寒的冬天、冰封雪盖的冬天，有人竟然在江上钓鱼，明知不可为而为之，这到底是真钓还是假钓，是写实还是象征呢?

诗人只用了二十个字，描绘了一幅幽静寒冷的画面：在下着大雪的江面上，一叶小舟，一个渔翁，独自在寒冷的江心垂钓。天地之间是如此纯洁而寂静，一尘不染，万籁无声。可以想见，这个渔翁该是多么清高，性格又是多么孤傲。

首先，诗歌采用了大幅度的对比、陪衬手法。

为了突出主要的描写对象，诗人不惜用一半篇幅去描写诗的背景，而且尽量放大背景。“千山”“万径”代表的是世界之广大，而“灭”和“绝”就突出了世界的广漠，“白茫茫大地真干净”。背景越广大，人物形象就越孤独渺小，越突出了渔翁感受到的外部世界的压迫。

其次，这首诗的写作方法与现代电影中的镜头推移取景的方法有异曲同工之妙。画面首先以远景展示“千山”“万径”，展现冰封雪盖的景观；然后用中景表现“寒江”“孤舟”之萧瑟；接着用近景把画面推向中心意象“蓑笠翁”；最后将特写镜头定格在鱼竿尖上的一点冰雪上，而“凌寒独立”的主题也就物理化地凝聚在这里了。

最后，诗人没有采用直抒胸臆或结尾点题这样的方法，他用的是古代最具中国特色的“借景抒情”的手法。他想描述的、赞颂的品格都已然印在画里了，也就是所谓“一切都在不言中”。在这样一个寒冷寂静的环境里，那个渔翁竟然不怕寒天，不怕大雪，在这个“鸟”“人”都无一个的冰雪世界里专心钓鱼。形体虽然孤独，性格却显得清高孤傲，甚至凛然不可侵犯。这个被幻化了的、美化了的渔翁形象，实际正是诗人自身思想感情的寄托和写照。由此可见，结尾“独钓寒江雪”几个字正是“画龙点睛”之笔。它是写景，更是抒情言志。

回到开头的问题，在一条奇寒的江上独自钓鱼的形象，到底是真钓还是假钓，是写实还是象征呢？我认为这首诗可以从三个层面上分析，由外而内，逐步深入。

首先，古代气象学研究证明，中晚唐确实有过一段气候变冷的时期，也就是说，真实的气候变化为这首诗提供了写作的基点。

竺可桢先生认为，公元 7 世纪是一个温暖湿润的时代，他主要是通过对梅树、柑橘和其他一些农作物生长期的对比，从物候学角度得出结论[1]。不过，近几十年，已经有不少学者提出了新的说法，否定了唐代温暖说。比如满志敏撰文证明了唐代中期以后气候转冷说[2]，接着，其他气象学专家也列举了更多中晚唐逐步趋于严寒的证据。

由此看来，《江雪》一诗可能是有作者的亲身经历为基础而写成的，或者是受到气候转冷的现实启发而创作的。

其次，这首诗的冷感既是物理气候造成的，也是个人心态的折射。《江雪》这首诗作于柳宗元谪居永州期间。唐顺宗永贞元年（805），柳

[1] 竺可桢《中国近五千年来气候变迁的初步研究》，《中国科学》，1973 年第 2 期。
[2] 满志敏《唐代气候冷暖分期及各期气候冷暖特征的研究》，《历史地理》第 8 辑，1990 年。

宗元参加了王叔文集团发动的永贞革新运动，改革派希望采取一系列政治改革措施来维护国家的统一。但由于既得利益集团的联合反对，改革很快失败，柳宗元被贬为永州司马，流放十年，实际上过着被管制的“囚禁”生活。险恶的环境压迫，使诗人感受到了彻骨的时代寒意。所以王尧衢《古唐诗合解》说：“江寒而鱼伏，岂钓之可得？彼老翁独何为稳坐孤舟风雪中乎？世态寒冷，宦情孤冷，如钓寒江之鱼，终无所得。子厚以自寓也。”

最后，晚唐开始，中国封建社会由温暖如春的繁华大唐向寒梅坚守的后半世光景转变，时代的冬天已经来临。一般认为，中国封建社会以盛唐为转折点，从中晚唐开始至宋元明清，封建社会开始走下坡路，直至辛亥革命才结束了中国延续几千年的封建社会。诗人的身世变化和敏感的心灵，使他感受到了时代的寒意。因此，《江雪》以象征的手法，描写了冰天雪地中寒江独钓的象征性画面，以表达个体对外部世界的抗争和对高洁品格的坚持。

朱庆余《闺意献张水部》：

唐代诗人怎样光明正大地“走后门”？

古代有一件事相当于光明正大地“走后门”，这就是唐代的行卷制度。

唐代文人即使不行卷，也有类似的请托之举。

因为这首诗表达得有理有趣，这一张用来开后门的诗意便条，竟然登上了当年流行诗歌榜的榜首。

洞房昨夜停红烛，待晓堂前拜舅姑。妆罢低声问夫婿，画眉深浅入时无？

——朱庆余《闺意献张水部》

“走后门”总是一件不那么光彩的事，大凡无可奈何要去请托、“走后门”，一般也都得藏着掖着，特别是读书人。“学而优则仕”是一生的追求，如果行藏出处不那么光明正大，以后当了官，怎么能做到“学为人师，行为世范”呢？

但在中国古代，还真有一个时期，有一件事情相当于光明正大地“走后门”，这就是唐代的行卷制度。

唐朝的进士考试还没有采用糊名制度，主考官是可以看到考生姓名的，主考官在录取时也会酌情参考考生平时的诗文水准和当时士绅的评价，这叫顺从民意。如果录取的进士和社会预期的热门人选差别太大，舆论会认为主考官没有水平。这类似于高考分数加上社会实践、群众评议，属于综合考评。为此，很多士人把自己的得意之作集结成卷轴，送给社会名流、文坛大咖以传扬名气，如果能送给达官贵人，那就更是事半功倍了，因为主考官也是从朝廷各部门（主要是礼部这样的文化主管部门）的官员中拣选的。这叫作“行卷”，如果是第二次“行卷”，叫作“温卷”。

唐代文人行卷，就是公然“走后门”。其实，也算不上低级动作，无非是自我宣扬，和商家的吆喝差不多。现代社会的职场面试，那也是人人打起精神，presentation（自我陈述）全是自我夸奖，追求给面试官留下深刻印象。唐代文人即使不行卷，也有类似的请托之举，如高人李白有《与韩荆州书》，隐逸诗人孟浩然有《望洞庭赠张丞相》。这些举动其实和“行卷”都是一样的用意。

虽然行卷制度既不违法，也不违规，甚至算不上“潜规则”，但是让读书人去自夸兼请托，还真得有勇气，毕竟谦虚谨慎是圣贤的教导和立身之本。因此，就有了含蓄请托、诗意自夸的作品传世。最有示范意义的就是唐代朱庆余的《闺意献张水部》（又作《近试上张籍水部》）。

这首诗用的是比喻，只看喻体，那就是一首非常高明的民间风俗浮生绘，诗歌描写的场景很生活、很民间、很有意思。

古代风俗，女子新婚第二天清早，新妇须拜见公婆。此诗写的就是新媳妇拜见公婆之前的心理状态。“洞房”就是新房，据说，在遥远的年代，男子把女子抢到山洞里成婚，所以新房叫“洞房”。昨夜成婚，红烛高烧，灯花频生，通宵未灭。“舅姑”就是公婆，新媳妇拜见公婆是一件大事，是女子进入新生活的“见面礼”。所以诗中女主人公一早就起了床，装扮停当，等待天亮，好去堂前行礼。这时，她心里不免忐忑，自己的打扮能不能讨得公婆的喜欢呢？唐代女子在描眉上是很有创意的，当时有很多种“眉式”，花样百出，时时翻新。

在定妆之前，新妇低声询问丈夫，我选用的眉式“入时”得体吗？因为是新娘子，自然带点羞涩。再说，这也是夫妻间的私密话，断不能大声吆喝，“低声”一问，便刻画入微，合情、合理、合身份。

古代有专门摹写女子神态心态的“闺意诗”诗体，这首诗人物形象生动传神，可谓“闺意诗”中的上乘佳作。但这首诗话里还有话。

“闺意献张水部”这个标题进一步点出了这首诗的本意。诗体用的是闺意诗，但是投赠的对象不是丈夫或情郎，是京城文坛大腕张水部（水部郎中张籍）。根据那个年月的风气，加之大家都是过来人，你知我知，张水部知道是怎么回事，不会把这首诗当作一个转发的开玩笑短信。朱庆余真正要表达的是赶考前的紧张忐忑和请托之意。对于当时的读书人来说，参加科举考试和女孩儿出嫁一样，事关终身。所以，诗作巧妙地借用了闺意诗诗体，作者以新妇自比，以新郎比张籍，以公婆比主考官。行卷的卷轴前面，加上这首诗作为前言，征求张籍的意见，也希望张籍帮助自己打听一下主考官的文学趣味，看看自己文字是否入得了主考官的法眼，含蓄地表达了请托之意。

诗人的比拟源于生活，喻体和本体之间也有很好的黏合性。全诗取譬新颖，视角独特，构思之巧妙令人叹服。

这就是“走后门”啊。但因为这首诗表达得有理有趣，这一张用来“走后门”的诗意便条，竟然登上了当年流行诗歌榜的榜首。能把“走后门”这件事说得那么有底气，那么富有诗意，也真是用尽心思了。

朱庆余的这首诗显然是打动了张籍，张籍的回信也是一首诗：

越女新妆出镜心，自知明艳更沉吟。齐纨未足时人贵，一曲菱歌敌万金。（张籍《酬朱庆余》）

张籍的这首诗肯定了朱庆余的才华，也对他寄予了很高的期望。回诗的巧妙与得体，大家自可慢慢咀嚼。

有了张籍的赞赏和宣扬，朱庆余的名气瞬间暴涨，一夜之间，他成了诗坛网红。宝历二年（826），朱庆余进士及第。多少年过去了，人间还在传说一个很有诗意的“走后门”的故事。

李商隐《嫦娥》：

疑罪从无，嫦娥出走的先锋意义

一次出奔，你就要忍受千年的惩罚。

嫦娥是中国历史上第一个敢于主动出走的女子，比娜拉出走早了几千年，她也比娜拉更反叛。

嫦娥飞升月宫后，并没有获得自由，哪怕是无边寂寞换来的自由。

云母屏风烛影深，长河渐落晓星沉。嫦娥应悔偷灵药，碧海青天夜夜心。

——李商隐《嫦娥》

嫦娥与后羿的故事是一个不成功的美女与英雄的故事。通俗地说，就是一个女子嫁错郎的故事。再八卦一点，就是被家暴的女子被再次“月宫暴”的故事。嫦娥动了丈夫的财产（以“灵药”为象征），被发配到了月宫里，让她闭嘴。如此，嫦娥即使想在虚空发表意见也没人听得见。后羿团队就可以做实这个案子，防止了民间反后羿人士制造新闻异见的可能。

嫁给射日英雄后羿，估计是嫦娥自己的选择。依我的推测，嫦娥不是后世诗画中柔若无骨、飘飘飞天的“锥子脸”美女，她应该是类似商朝女英雄“妇好”那样的大脸盘奇女子，或者叫作银盆脸大美女。她应当是个有大主张的人，她自己选择了英雄，但在英雄家暴的时候，她又选择了逃离。她也许想上头条“爆料”，结果“被飞升月宫”。为什么一个凡人能飞升月宫？因为偷了后羿的灵药。灵药有什么功能？它可以让人离开地球、消失于人间。看来这个新闻发布之前经过了后羿团队仔细的推理与审核。

如果遵循顾颉刚先生的指点，在历史的底层里再深挖一层，也可以猜测为，这一桩婚姻是太阳崇拜的后羿（东方族裔联合体头领）部落与月亮崇拜的嫦娥部落的政治联姻。

暂且打住，因为本文并非考证文章，本文意欲探讨的是嫦娥离家出走的社会学意义，以及以李商隐为代表的古代诗人对这件事的态度。

我们先简单分析一下李商隐这首诗的内容和隐藏在诗句后面的情感态度。

从“云母屏风”来看，女主人公身在豪门，但豪门的生活并不幸福，该女子已经有忧郁症，至少是失眠症。可能是思念婚前情人，后悔嫁入豪门，只能在半夜长吁短叹，遥望星尘，体会着嫦娥的孤独。

关于这首诗的寓意，历来解说纷纭，有自伤不遇、怀人、悼亡、讽咏女冠等说法，但有一点应该大致没错：诗题是“嫦娥”，描写了一个和嫦娥寂寞心情相仿的孤独妇女的感受，也可能寄托了诗人自己寥落不遇的身世之感。我们重点品味李商隐从男性视角出发所表达的对寂寞嫦娥的态度。

李商隐这首诗对嫦娥已经是温情脉脉了，表现了对嫦娥生活孤寒的同情，甚至以同病相怜的共情来表达理解。但有一点是毋庸置疑的，他不可能摆脱封建社会男权思想影响下的是非判断思维，他对嫦娥有同情，也有怪罪：女子选择离开丈夫就是过错，你看嫦娥，解脱了束缚，收获的只能是无尽的凄凉。嫦娥做错了事，偷食了灵药，背叛了丈夫，所以落得如此下场，她是自食其果，罪有应得。我可以怜悯你，但不能原谅你。

所以说，对嫦娥的同情未必不是另一种形式的谴责——让你出奔，离了男人，你一无所有，只有“碧海青天夜夜心”，这时候你再后悔，晚了！朱买臣以覆水难收来羞辱前妻是直接表达，而对嫦娥的同情是间接表达。一次出奔，你就要忍受千年的惩罚。

李商隐自己不是家暴男，对嫦娥的同情也已初具民国年间弄堂西装男的文质彬彬了，但如果以今日之思想来评判，那还得另说。毕竟时代不同了。

一个女子选择了离开丈夫，且不说是不是她的过错，这在今日社会是很普通的一件家庭纠纷，女方是否要因此忍受千年的诅咒和无尽的孤独？

从社会发展的进程看，女性必然逐步走向独立，我国也出台了各类政策法规来保护妇女权益。嫦娥是中国历史上第一个敢于主动出走的女子，比娜拉出走早了几千年，她也比娜拉更反叛。她不用撒娇，不用假装委屈来寻求同情，甚至没有犹豫，直接愤怒出走。表达愤怒也是一种right（权利），在旧时代，女子连愤怒的权利都被剥夺了，只能委曲求全。嫦娥和那个以一生的时间、以愤怒的姿态不停地衔木填海的精卫鸟一样，是神话时代的女中豪杰，与只是为了要个说法而不断上访的秋菊隔代同悲。因此说，嫦娥的出走具有时代先锋意义。

这还没有完，嫦娥飞升月宫以后，并没有获得自由，哪怕是无边寂寞换来的自由。吴刚就是男权设置的一个监护人，月宫差不多也就是另外一处冷宫。吴刚看上去也很man，但属于没有男女性别意识的人，他天天干活，心无旁骛。有吴刚在，也没有任何闲杂人等可以接近嫦娥。

有的西方民俗学家老是担心：吴刚和嫦娥之间会不会发生点什么？嫦娥是正当盛年的少妇，而且没有了婚姻的拘束，又日日夜夜处在苦闷之中；吴刚是一个强健的樵夫，每天不停地砍树，那身上的肌肉一定十分健美，马甲线一定十分清晰。月宫中还有可以作为搭讪道具引出男女话题的古典宠物——小兔子，既没有“狗仔队”，也没有针孔摄像机，没有任何世俗的约束。按照正常的情节发展，应当是一出中国的查泰莱夫人的故事。

其实，大可不必担心，我们的广寒宫是如此寂寞，又如此干净，嫦娥即使离开地球，依然有自己的古典地球人的“妇德”底线，我们永远不会担心他们会在这荒芜之地发展出惊世恋情。

以上我们讨论了嫦娥出走的时代先锋意义，但还有一个问题，嫦娥出走到底是自己的选择还是被迫出走？

需要说明的是，中国神话经历了神话向历史的转变，删除了怪力乱神的因素后，很多神话的原始面貌已经看不清楚。偶尔还有一点影影绰绰的传说保存在野史杂记中，倒使我们可以看到原始神话远比今天留存的资讯要丰富、复杂、好看得多。比如，关于英雄后羿和月神嫦娥的关系，以及是谁出轨或负心，其实古老的故事版本和今天的故事版本未必相同。

后羿很早就被东方族裔定性为为民除害的射日英雄，亮相自然要高大上，因此关于他和嫦娥的分手原因，流传至今的解释都是说，嫦娥偷了后羿的灵药，独自飞升进入月宫，是嫦娥背弃了后羿，所以受到“碧海青天夜夜心”的惩罚。但以今度古，后羿被打造成射日英雄以后，就像武松打虎为民除害以后被簇拥着跨马游街一样，免不了有潘金莲这样的女子爱上英雄。后羿也是男人，而且是原始时代有血性有野性的男人，很可能是后羿先出轨，出轨以后还要把责任推卸给女子。我这里并不是信口开河，我们可以看一看没有删除干净的蛛丝马迹：

屈原在《天问》中说，羿成为射日英雄后，对嫦娥有不忠行为，和河伯的妻子发生暧昧关系。《天问》原文如下：

帝降夷羿，革孽夏民。胡射夫河伯，而妻彼雒嫔？

大意是：上帝指派东夷族的羿下凡，帮助夏民消除灾祸。夷羿为什么要射死河伯，并娶他的雒嫔为妃？[1] 大概这种背叛自然引起独立性很强

[1] 有学者分析此后羿与彼后羿并非同一人。

的嫦娥的极大不满，一气之下就离开后羿跑走了。

如果不相信这一条，还可以再看一条野史，据唐末五代道教学者杜光庭在其《墉城集仙录》中记载：

> 吴姮娥（嫦娥），（后）羿妻也，羿司射卫黄帝之宫，入宫得琼药之丹，以与姮娥（嫦娥）服，飞入月宫，为月中之官。

这里并没有说是嫦娥偷了灵药，倒是后羿故意让她吃了药飞入月宫。也许就是在后羿安排下，嫦娥"被出走"，后羿团队又找出个天方夜谭的故事来掩盖嫦娥"被消失"的事实。封建时代，男尊女卑，一切故事都由男人编造。

因此，本文根据疑罪从无原则判定"嫦娥偷窃灵药"不成立。

与月亮相关的民间故事到后来又增加了月下老人的故事，也是男权意识的增量版故事。月下老人虽然经常现身于河南，但需要对着月光才能翻检那本由他掌管的天下婚姻注册簿，他的永久性办公地点想来也只能是在月宫了。由一个大老爷们儿主管天下婚姻，对嫦娥自然更加看不顺眼。再说，让嫦娥一个女子独享占地面积超标的广寒宫实在是太奢侈了。因此，后期的月宫已经被改造成了普天下所有男女的婚姻注册登记所，将一个四合院变成了居委会办公室，这是对嫦娥生活待遇的再一次"降维打击"。

当然，封建社会好歹留给了嫦娥一块想象中的清净之地，后期民间故事也没有将嫦娥扫地出门，这也算是很有人情味了。放在今天，情况可能更加不堪。那些眼里只有开发项目的男男女女，会一窝蜂从世界各地扑向月宫，带着点心和高级营养品，排着队去"心疼"嫦娥奶奶。但临走前，会谈一下正事：请嫦娥奶奶先到空间站小住，他们准备开发月宫高档公寓，并且专门设计一套全天候面朝太平洋的"光猛"大房给她住，另有配套的老年公寓可选。（这个人情可以卖，因为月亮有一面总是对着地球，对着太平洋的！）说不定，在那里还会遇到已经没有了脾气的小老头——后羿呢？

这么猜想，还不如保留李商隐等诗人留下的美好想象——女权虽然缺席，但居住权得到了保障。

嫦娥

李煜《虞美人》：

王国维的高度评价既有“大公”，亦有“小私”

李煜所眷念的往事和“好事”离不开封建帝王的生活模式，为什么一个普通百姓、一个后来的文学爱好者会喜欢李煜的词呢？

当我们因为词之美而同情李煜的那一刻，我们就是诗人，我们就是人道主义者。

王国维夸奖李煜“俨有释迦、基督担荷人类罪恶之意”，这评论包含了王国维个人的“私心”。

春花秋月何时了，往事知多少？小楼昨夜又东风，故国不堪回首月明中！　雕栏玉砌应犹在，只是朱颜改。问君能有几多愁？恰似一江春水向东流。

——李煜《虞美人》（春花秋月何时了）

有一首词历来评价很高，近代更有一位文史大家，再次发现了这首词的价值，对这首词的夸赞到了顶礼膜拜的地步。他甚至把这首词所包含的悲情意识，上升为具有释迦、基督负担天下罪恶的高度。这首词就是李煜的《虞美人》（春花秋月何时了），这位文史大家就是王国维。

王国维认为，李后主从一国之君沦为阶下之囚，人生经历了巨大的跌宕，词作“感慨遂深”。据说，李煜被毒死，跟他写这首词有关，所以王国维又说，李后主此词乃“以血书者也”。王国维还将李后主这首绝命词与道君皇帝宋徽宗的绝命词《燕山亭》（北行见杏花）词作比较：

然道君不过自道身世之戚，后主则俨有释迦、基督担荷人类罪恶之意，其大小固不同矣。（王国维《人间词话》第十八则）

王国维的这一段评论，被后来的许多词论家奉为圭臬。

为什么王国维给予李煜词这么高的评价呢?

我认为，王国维对李后主词的评价既有“大公”，亦有“小私”!

我们先说“大公”。“大公”即是说，王国维的评论有公平、公正、公允的一面：这首词确实好，可以说是人见人爱、花见花开!

这首词表达的情感是真实的，没有伪饰，近乎天真，或者如王国维所说，词人秉“赤子之心”。你似乎看到一个不谙世事、至死为少年的男人，被铁骑掳走，还在泪眼相问，为什么呀?我一直对你们谦恭有礼，你们为什么要抓我呀?在囚禁之中，又对着春花秋月发问：正是人生至暗时候，怎么花儿又开了，月儿又圆了，这不是故意惹我伤心吗?小楼四周，东风一吹，花儿绽放，如此浪漫，全无心肝。回望故国的花儿与少年、台榭与明月，我只能悲金悼玉，长歌当哭。作者的心境，不管是后悔或自怜，其人生的巨大变迁引发的悲伤情感总归是真切而又深刻的。词人的忧伤没有伪饰，也说不上放大。对着明月，触摸着东风，悬想着未来的读者，对着自己都不认识的今天的“我”，一开口就放声大哭，这是一种无法自控、触摸着都是泪的尘世悲哀。

一般认为这是李后主的绝命词，但这首词没有生命走向终结前的恐慌，可能是“莲峰居士”李后主原有的佛教信仰的助力。他已经看透生死，不仅对自我生命的来去有了大彻大悟的别样见解，乃至于怜悯众生万物。如王国维所说，他愿以一己之悲哀和愿力，消解众生之罪愆。

这首词还处处通过对比来表现对物是人非、昨是今非的感叹。词人与万物对话，与昨日对话，与内心对话，与空虚对话，反思生命走向，从而引发了巨大的迷惘和悲凉。时序变迁、物是人非是人类最普遍的感叹，触碰这样的主题，读者也因之而迷惘、忧伤，而终于着迷。

这首词的结句所用的比喻也特别有感染力。可以说，李煜这首词的一个亮点就是结尾富有个性的比喻，这个比喻具有丰富的联想力，又具有广泛的虚涵性：

问君能有几多愁？恰似一江春水向东流。

词句将抽象的愁思化作不断上涨的春水，形象生动，不可言传的愁绪变得触手可及，比喻非常新颖，又非常大众，让人觉得，你说的也是我想的，借你的才华表达了我的心情。人在世上，谁还没有个发愁的时候呢？读者并不在意词作伤感的具体指向是雕栏玉砌还是小楼笙歌，而是词句说出了几乎人人都有过的感受：生活真不易！愁绪袭来时，绵绵无尽，犹如一江春水，而且是春江涨潮时，流不尽、斩不断，哪儿是个尽头啊！

李煜所眷念的往事和“好事”离不开封建帝王的生活模式，为什么一个普通百姓、一个后来的文学爱好者会喜欢李煜的词呢？

有学问的君王并不多，亡国之君不止一个，蜀国的阿斗，孙吴的末代君王孙皓，北宋的徽钦二宗，都是值得可怜而不值得同情的末代君王。在巨变后的羁旅生活中，能搁置眼前的恐惧，回望过去，以怜悯的心态写下感动你我的辞章，也就李后主一人而已。我们欣赏这种特殊禀赋，或叫作贵族精神。我们感叹命运的不可把握，这是人人无法回避的宿命。所以，当李后主泪眼细说他真实的悲伤时，我们能理解并予以同情。我们同情的是一个个体在遭遇灾难时的情感挣扎，我们共情的是一个落难者的哀伤，我们感叹的是在苦难中开出的灿烂的诗的花朵。当我们因为词之美而同情李煜的那一刻，我们都是诗人，我们是人道主义者。

那么，我们有资格同情李煜吗？

有！他和我们普通人乃至于草根阶层也有共同点，他不是伟人，也不像君王，有时仁厚而近乎蠢，有机会也贪恋声色犬马，说不上是很坏的人，这就和我们靠近了——不伟大，也不算很坏，当然，有时候有点小坏！读李煜的词，我们知道他曾经是小朝廷君王，但我们很难把他的形象和君王重合。如果他只是个词人，你会不由自主地喜欢他，但他顶戴了君王的冕旒，便难免觉得他不务正业。我们的直觉是，这是一个才子，有点荒唐，很有才华，可惜了，竟然当了皇帝。若放在宋代，便是柳三变；若放在明代，便是唐伯虎；若放在清代，便是袁子才。老百姓说得真好，“男怕入错行”，他不该当皇帝，他不仅误了国，也把自己误了，把自己的才华误了，我们叹息的不是他的国，而是这个人。但是，他能选择吗？他没得选。这个时候，我们也许有了一丝庆幸：好险啊，假若我投胎错了，一不小心，当了皇帝，又遭灭国被俘，我该怎么办啊？我会吓得连条短信都编不出来，又岂有词作留给后来人？这时候的我，大概相当于一个草根青年，听说股票大跌，暗自庆幸：还好，我没有钱买股票，也躲过了股灾。同时也禁不住对那些富翁充满同情。我们对李煜的共情也包含了这样的小民心理。这样的同情可笑吗？不可笑。君王也是人，下人也是人，真诚的悲哀与怜悯是千古相通的。

这就是为什么，我们普通读者，虽然有巨大的身份差异、时代差异，但我们依然可以理解这个倒霉君王的悲凉，我们喜欢他作的词，还谱成现代歌曲来吟唱。

这一切都说明，王国维对李后主的夸奖有公道的一面。

我们再看一看为什么王国维对李煜词的评价这么高呢？又为什么联系到“赤子”“血书”，并夸奖李煜“俨有释迦、基督担荷人类罪恶之意”？

我认为，这与王国维的政治态度有关。王国维的评论包含了他个人的“私心”。

王国维的一生是和晚清同情共苦的一生，这并非要到他自沉昆明湖以明志那一天才显露。

王国维早期积极介绍西学、推动传统文化改造和社会政治改革，希望中国摆脱腐败、贫困与混乱，建立一个稳定和富强的国家，但他和其他保皇派一样，面对乱世，眼见“纪纲扫地，争夺相仍，财政穷蹙，国几不国”(王国维《论政学疏》)，害怕革命带来更大的冲击与混乱，西学东用，他们能接受的也就是虚君立宪（君主立宪），以现有政体为基础来进行改造。辛亥革命后，清朝覆亡，王国维以清朝遗老自居，他曾叹息道：“汉土由来贵忠节，至今文谢安在哉?”(《送日本狩野博士游欧洲》,《观堂集林》卷二十四）他愿意做南宋文天祥和谢皋羽那样的末代忠臣。辛亥革命之后，他出走海外，自认为“亡国之民”。1927 年 6 月 2 日，51 岁的王国维突然在颐和园鱼藻轩投湖自杀，这个事件当时震惊了全国知识界。北京的《顺天时报》就以《继屈平（屈原）投江之后王国维投昆明湖自杀》为题作了报道。

王国维对清廷、故国、传统的礼敬是一以贯之的。王国维的《人间词话》于 1908—1909 年间发表于《国粹学报》，当时的清廷已经崩溃在即。慈禧、光绪于 1908 年农历十月先后逝世，晚清朝廷推出的继位者是年仅三岁的醇亲王之子，号宣统皇帝，也就是后来的废帝溥仪。可以想见，当时的王国维对晚清局势充满了担忧，对“生于深宫之中，长于妇人之手”的“赤子”皇帝充满了同情，这种自发的同情与联系乃至于效忠，一定以某种方式得到了小皇帝（后来的废帝）和周围遗老遗少的认可与欣赏。所以，1922 年，王国维成为 16 岁的废帝溥仪之师，虽然是虚衔，王国维仍将此事视为自己一生莫大的荣誉。次年，王国维担任“南书房行走”，溥仪赏王国维“五品衔”。其后，王国维还获得可在紫禁城内骑马的特权。这是一种莫大荣耀，不仅是赏赐，也是来自君王的赏识，是认可，是抬举，是理解，生活在那一个时代的文人很难不感激涕零，乃至于为之献身。清廷逊位以后，王国维拖着长辫子十六年，并自沉昆明湖以明志。不管同时代的人如何解释他的自尽之举，这个举动本身不可能不带有与清廷共命运的悲凉。

王国维特别同情处于风雨飘摇之中的清朝末代皇帝，那位仓促上位、近似“赤子”的末代皇帝。王国维理解他的天真和无奈。在那个迷茫仓皇的时代，一介童子又有多大能耐挽救天下呢？说不定日后还要误入歧途呢。但在那个位置上，他就必须承担，因为他是末代皇帝，他必须负担天下的苦难、罪恶与骂名。相信，这种感情并非到王国维担任“南书房行走”时才有的，应该在此前已经蓄养多时。

在体会了末代皇帝的悲哀以后，王国维在书斋里发现了类似的君王，那位“在兵戈之世，而有厌战之心”（徐铉《吴王陇西公墓志铭》）的君王李煜，同时又是一位天才型的词人，因此王国维便把这一份同情放大了投射在李煜词中。王国维对李煜词的高度夸奖应当是融入了他自己对清朝末代皇帝的同情，而王国维所下断语也包含了两个君王的共同点：赤子，血书，担负着担负不起的责任，以一己的沉沦来代替天下人受难。“我不下地狱，谁下地狱？”这是末代君王的宿命。

当然，李煜词本身是极好的，有“纯粹之美学”的价值，经得起王国维的夸奖，王国维的“小私”促成了更深意义的“大公”，促进了这首词的流传。

宋元篇

曲祖·柳永：

本指望君子三变，没承想却成猖狂

柳永把一肚子才华泼洒在酒边词坛，可能算得上中国历史上第一位在艺术市场成功谋生的词人。

他的词，不仅得到大宋皇上的注意，还被敌方情报员收集，被当作描述宋朝城市生活的诗化报告做成内参。

柳永是那一个时代全过程幸福着的“狂人”，柳永的猖狂包含了巨大的创造力。

在我们的印象里，说到柳永，就会想到一个浪荡落魄的公子哥儿。据说，柳永去世时清寒萧瑟，他的葬礼是由一批妓女自发筹款安排的。由此，许多人便越发觉得他不值得同情——因为浪荡，所以落魄。

其实，回到历史现场看柳永，我们会发现柳永这辈子活得很丰满，个人获得感应当很强。柳永的生活状态和经历，就是一个顶级流行歌词作家奋斗加享受的成功范例，好事差不多一件也没落下：前期轻狂，一切都是荷尔蒙做主，生活得有滋有味。粉丝众多，连皇帝宋仁宗都欣赏他的歌词，对于一介文人来说，这说得上是三生有幸。金主完颜亮点赞过他的《望海潮》（东南形胜），这应该算是享誉国内外了吧。玩到51岁时，玩累了，浪子回头，考取进士，这就是实力的证明，他确实有才。官当得不大，但名声不错，为官有品。活到七十岁，自己打报告退休，并非被强迫致仕，有退休金，有福。柳永的一生简直是 perfect（圆满），更主要的是，柳永将他那些无处安放的才华，凝结成了多篇流传千古的词作，对宋词的创新作出巨大贡献。

柳永的生活经历还证明了北宋是中国历史上少有的幸福和宽容的时代：一介文人，依靠写歌词也能活得潇洒如意，虽说不上德艺双馨，但最终还是凭实力进入官吏队伍。

我们就顺着这一条人生线索捋一捋柳永其人其事。

柳永（约984—约1053）出身于“奉儒守官”的书香人家，父亲柳宜官至工部侍郎。柳家以诗书传家，名士辈出，进士是柳家的“土特产”。柳永排行老七，时人称为“柳七”。柳永原名柳三变，“三变”这个词有多个语源。大户人家为孩子取的名字，大都包含着对孩子前程的祈祷，此处的“三变”应该来自《论语·子张》：“君子有三变：望之俨然，即之也温，听其言也厉。”父辈期盼这孩子长大后中规中矩，成为一个谦谦君子。

可惜，三变没有长成家族期待的君子，在赶考的路上被耽搁了。十九岁那年，柳永从武夷山脚下出发，前往汴京考试，在路上竟然花了六年的时间。他经过了烟花三月的杭州、苏州、扬州，因为太年轻，没有把持住，沉醉于听歌买笑，忘记了高考。后来到了汴京，还是依红偎翠，填新词，改旧曲，下场教演唱，后台帮化妆，用大半生的时间，行走在花街柳巷，成了个胡同串子。同时，他把一肚子才华泼洒在酒边词坛，写了很多反映市井生活的歌词，成了著名的酒吧歌词作者，也收获了一大批男女粉丝，可能算得上中国历史上第一位在艺术市场成功谋生的词人。

因为混迹于下层，他的词用语俚俗，格调不高，在同行那里，他属于地摊文学作家，同为婉约派代表的李清照在《词论》中批评他“虽协音律，而词语尘下”。秦观的词沾了一点柳永的边，老师苏东坡就嗤之以鼻。宋代曾慥《高斋诗话》载：“少游自会稽入都，见东坡，东坡曰：不意别后，公却学柳七作词。少游曰：某虽无学，亦不如是。东坡曰：‘销魂当此际’，非柳七语乎？”

但在受压迫的女性那里，比如当时的名歌星香香、安安、英英、酥娘、佳娘、心娘，还有“虫虫小姐”（虫娘），她们眼里的柳永就是一个知冷知热、体贴有加的有担当男子。柳永不歧视她们，为她们写词，为她们流泪，为她们付出真心。因此，柳永在世的时候，她们群起而捧场，甚至故意投标竞争他写的新词，影响所及，老百姓也跟着起哄，“凡有井水饮处，皆能歌柳词”。

毕竟出自书香人家，柳永一边写歌词，一边复习迎考。但宋真宗时有诏，“属辞浮糜”皆受到严厉谴责。从大中祥符二年（1009），到天禧二年（1018），柳永多次参加考试，却屡试不中。天圣二年（1024），柳永第四次落第，寂寞地离开了京师，临行前作词《雨霖铃》（寒蝉凄切），抒写深度忧郁之情，并从此填词为生，一边忧伤着，一边拨着三弦（当时叫作“鼓鼓”）写歌词。

在屡试不中的郁闷时候，柳永曾经写了《鹤冲天》（黄金榜上）一词，发泄对科举失利的牢骚和不满，结尾点题：“青春都一饷，忍把浮名，换了浅斟低唱。”这当然是句气话，但引起宋仁宗的不满，据南宋吴曾的《能改斋漫录》卷十六记载：宋仁宗御览举子名单，见柳三变名字，“临轩放榜，特落之，曰：且去浅斟低唱，何要浮名！”这等于从此断了柳永参选进士的路子。当然，宋仁宗还是仁厚，他对柳永带偏文艺倾向表示不满，也有惋惜：可惜了，是个人才，我下班后也会翻阅你写的歌词，虽然你为繁荣城市娱乐行业作了贡献，但你的词有严重的三俗倾向，我这里无法用你，这是个导向问题。你更不应该把求仕当官、为民服务说成是博取虚名，自己天天泡酒吧，还要吹牛说，这样的好日子，给你个有品秩的官位，你都不待见，我若用你，言官也不会同意。你的才华适合填词，你还是喝酒唱曲子去，不要来争公务员位置了，怎么样？从此，柳永便自称“奉旨填词柳三变”，冠冕堂皇地流连于坊曲之间。[1]

他的词，不仅得到大宋皇帝的注意，还被敌方情报员收集，被当作描述宋朝城市生活的诗化报告做成内参。金主完颜亮读到柳永的《望海潮》（东南形胜），了解了当时世界级大都市杭州的繁华，遂起投鞭断流之志。

[1] 从时间上考证，景祐元年（1034），仁宗亲政，朝廷特开恩科，对历届科场沉沦之士的录取放宽尺度。当时，柳永已经五十一岁。因此，柳永前期参加科举，因为作词多靡靡之音而遭贬斥，可能是宋真宗所为。

对于这种有辱家门的浪荡生活，柳永自己一直处于一个沉迷与挣扎的过程。他无法战胜自己的欲望，类似于在日本留学时期的郁达夫，但他又念念不忘仕途，不忘从家乡出发的初心，他只能自我安慰，给自己印个“白衣卿相”的名片。

中年以后，或是迫于家庭的压力，或是看破欢场，重回理性，加上景祐元年（1034）朝廷特开恩科，对历届科场沉沦之士放宽录取尺度，总之，已经五十一岁的柳永闻讯改了名字和身份证，得以及第，进入官员队伍，历任团练、推官盐监、判官等职，终以屯田员外郎致仕，故世称“柳屯田”。柳永为官守正，致仕后两袖清风，留下了很好的口碑，也算浪子回头的样板吧。

总之，柳永是那一个时代全过程幸福着的“狂人”。当然，他和阮籍、金圣叹不一样，他的猖狂并非来自政治选择或文化叛逆。柳永的猖狂以一己之性情为导向，任情使性而已，他写过一首《西江月》(腹内胎生异锦)：“我不求人富贵，人须求我文章。风流才子占词场，真是白衣卿相。”你看，狂得都没边了。

柳永的猖狂以真实的人性为基础，他从不避讳和歌妓的关系，用歌词记录了封建社会底层妇女的悲惨遭遇。柳永一生写了二百多首词，其中关于相思离别、男女之事的有一百多首。

柳永词中的女主人公，多数是沦入青楼的不幸女子。在词史上，柳永第一次把笔端伸向平民妇女的内心世界，为她们诉说心中的苦闷和哀怨。以前的词人写男欢女爱都比较矜持，柳永下笔则大胆而毫无保留，放得开，因平民化而得以大众化。以前的诗词都是写女子对男子的相思，柳永创造性地写了男子对城市摩登女子的相思。

柳永的“猖狂”还表现为歌词写作实名制，并付出真感情，因为有真感情，所以欢场之词也能写得厚重，像“衣带渐宽终不悔，为伊消得人憔悴”这样表现自己刻骨相思的句子，曾被王国维拿来比喻做学问的三种境界之一，加深了读者对这句词之分量的体会。

柳永的猖狂还包含了巨大的创造力。

柳永算得上是第一位专业词人，南宋学者胡寅《酒边词序》云：“词曲者，古乐府之末造；然文章豪放之士，鲜不寄意于此者，随亦自扫其迹，曰浪谑游戏而已。柳耆卿后出，掩众制而尽其妙，好之者以为不可复加。”可见，柳永之前，虽然有不少文人写小词，但并不想以此扬名，娱乐一下就“自扫其迹”，而柳永却是全身心投入其中，不仅是“奉旨填词”，也是中心好之。

柳永是第一位对宋词进行全面革新的词人，也是两宋词坛上创用词调最多的词人，他的一个重要贡献就是推动了慢词的发展。

慢词长调，是一种形式的扩展，也是一种写作天地的拓宽。从唐朝开始，在实景演唱中，歌者所用歌词有不少是选用绝句而来，或者截取长诗中的几句诗歌，形成小令。一杯啤酒没喝完，就唱完了，只能重复一遍，再来一遍，如《阳关三叠》。但宋代经济发展了，一场宴会得更衣换烛多次，反复吟唱几句歌词，等于兑水。所以，慢词长调的兴起是娱乐场所的发展需要，也只有柳永这样的专业歌词作者才有可能来完成这种创制。

唐五代时期，慢词总共不过十多首；到了宋初，词人擅长和习用的仍是小令，柳永是第一个大量创制慢词的人。据统计，在宋词八百多个词调中 ，属于柳永首次使用的就有一百多个。柳永词的格式包括令、引、近、慢、双调、三叠等长调短令。形式体制的完备，为宋词的发展和内容上的开拓提供了乐理条件。

柳永的慢词，拉开了韵距，延长了演唱的时间，加上虚字的运用，词就开始具备戏曲化、音乐化的演唱效果。慢词还可以淡化意象的浓度。因为，在阅读的时候，你可以欣赏密集堆垛的意象，甚至涵义隽永的典故，你有时间回味再三，但在歌唱现场，词作者得让人听得懂，最好留一点时间，让人接受并消化。柳永的慢词满足了实景演出的需要，获得了歌者和听者的欢迎。

柳永长期生活在底层市民之间，以反叛的精神，大胆吸收民间的俗语、口语入词，如“自家”“阿谁”“都来”“抵死”“消得”等，这些富有表现力的口语入词，使得听众既感到亲切有味，又易于理解接受。

当然，柳永毕竟是文人入行，并非只能俗不能雅，宋赵令畤《侯鲭录》卷七载北宋文学家晁补之的评语：“世言柳耆卿曲俗，非也，如《八声甘州》云：‘渐霜风凄紧，关河冷落，残照当楼。’此真唐人语，不减唐人高处矣。”

北宋有个柳永，乐坛有个三变，词人中有个柳七，让人对那个时代增加了很多向往。

王安石《元日》：

逢凶化吉——中国人应对“重单”日的超能力

古人为什么不喜欢单数？那是因为我们的 DNA 里留存着祖先的忧伤。

“重单”日最终成为喜庆节日，证明我们的民族从来都不缺乏正能量。

中国人的超能力——逢凶化吉。

爆竹声中一岁除，春风送暖入屠苏。千门万户曈曈日，总把新桃换旧符。

——王安石《元日》

春节是中国人民和东亚多个民族最重大的节日。

关于春节，有很多诗词歌咏，表达了人类对美好明天的祝愿与祈祷，如王安石的七绝《元日》。

然而，王安石写这首诗的时候，理想很丰满，现实很骨感。

北宋是中国历史上经济最发达、文化最繁荣的朝代，相对而言，也是文化人最有人权的时代。但宋王朝也面临着经济发展的瓶颈：对内，“三冗”问题始终没有解决；对外，群狼环伺，辽、西夏不断侵扰。瘟疫问题也时有发生，苏轼写过一首《仆去杭五年，吴中仍岁大饥疫，故人往往逝去。闻湖上僧舍不复往日繁丽，独净慈本长老学者益盛，作此诗寄之》，记载了宋神宗时期瘟疫暴发留下的惨状，诗曰：“来往天吴一梦间，故人半作冢累然。独依旧社传真法，要与遗民度厄年。”因为瘟疫，故人死了近半，可见惨烈。

1068年，宋神宗召王安石“越次入对”，王安石即上书主张变法，决心很大：“天变不足畏，祖宗不足法，人言不足恤。”（也有人认为这几句是反新法的人替王安石总结的）大意是，变法会伤筋动骨，但不变法，死路一条，不管人言如何汹汹，就是蹚地雷阵，我也要冲锋在前。次年，王安石被任命为参知政事，主持变法。新年时节，王安石见家家忙着准备过春节，贴新符，燃爆竹，饮屠苏酒，新春的阳光已经照进千家万户，他联想到变法伊始的新气象，以及变法遇到的种种阻力和人民的困苦，有感而作《元日》，以“新桃换旧符”比喻即将到来的变革。所以，这是一首应景诗，也是祝愿诗，表达了对改革成功的强烈期许。

本文的重点不是赏析这首诗作的艺术特色，而是解析“元日”和其他“重单”节日的民族学内涵，属于诗词的文化背景“寻根”。

在这一首诗里，诗人提到了春节常见的祈禳习俗，放鞭炮、贴春联、喝屠苏酒。若追溯起源，这一些习俗都与“逢凶化吉”的祈愿有关。若再深入一步，所有的“重单”节日，都应起自忧患意识，起自某些疾病流播时期人类留下的有关生命之灾的记忆与防范意识。这些节日是对曾有的生命困境的标记与提醒，并逐步形成一套强力祈禳手段作为习俗，以此来增强人类与大自然抗争的自信，通过补充正能量达成逢凶化吉、转悲为喜的目的。

中国节日很少有那种纯搞笑的愚人节或以吓唬人为乐的鬼节之类的娱乐型节日。中国节日的主要功能是“前事不忘，后事之师”，记录祖先曾遇到的困难和抗争历史，并用喜庆的形式来改变节日的悲观内涵，祈愿改变现实困境，类似于民间常见的“冲喜”活动。

历史上，中华民族曾遇到过不少艰难的时刻，特别是与生命相关的困难时刻，这一些特殊记忆，逐步合并为五个重大的“重单”节日，以此来提醒后人。经历长时间的传承和心态的调整，这些“重单”日演变为遇难呈祥、欢乐喜庆的五大节日。

我们所说的“重单”日指的是农历一月一日、三月三日、五月五日、七月七日和九月九日。五个“重单”日都成了华夏民族及其周边地区的重大节日，即春节、上巳、端午、七夕、重阳。为什么全年仅有的五个“重单”日都能嬗变为中华民族的五大节日，而同样是全年仅有的五个“重偶”日却没能发展成可与之媲美的重大节日呢？

要解释这一问题，必须探寻这五个“重单”日共有的文化含义，也就是五个“重单”日得以并立为节日的基因。我们认为，它们的相同点在于它们原有的文化遗传胎记，即它们共有的有关古代中国的困难时刻的记忆。

就像中外各民族都保留了对上古大洪水的记忆一样，五个“重单”日也包含着古代困难时刻的记忆，在术数流行的时代，祖先们又将这些记忆归纳整理而系之于五个双重“奇数”日子下面。具体说来，这五个“重单”日在历史上曾被当作凶日、毒日，以这五个日子为中心，祖先们形成了一套特定的祓禊祈禳礼仪，并逐渐将此五个日子固定为五个节日。在长期的演变过程中，针对特定困境的祈禳礼仪变成了习惯性的活动，变成民间传承性习俗。人类避凶求吉、美化生活的心理，以及中国文化巨大的再生能力和逢凶化吉的内生法则，使得五个“重单”日的凶俗含义逐渐模糊褪色，最终完成了遇难呈祥的转变。时至今日，人们只知道一月一日是喜庆春节，三月三日可芳郊踏青，五月五日看龙舟竞渡，七月七日有乞巧活动和九月九日应登高赏菊，而忘记了它们的本来面目，这五个“重单”日也就成了互不关联的节日。探寻五个节日原本的文化含义，并不影响当下已经形成的五个节日的庆典活动，相反，这有利于我们探求节日文化的产生和演变机制，也有利于分析华夏民族强大的心理正能量的形成模式。

以下，我们将对“重单”节日成因的原始资料遗存加以简单梳理，但只能举证一二，无法全面展开。

因为一月一日又是元月元日，比“重单”多一层含义，情况也更复杂，因此放在后面讨论。因篇幅原因，无法对所引用的古文资料逐字解释，有兴趣的读者可以自行查阅解读。

关于三月三日上巳节的来历，有很多文献资料可参，包括三月三日有关生命灾难的记忆，我们略举几例：

《宋书・礼志》引用《韩诗》说："郑国之俗，三月上巳，之溱、洧两水之上，招魂续魄。秉兰草，拂不祥。"东汉薛汉《韩诗薛君章句》有类似记载。又据吴均《续齐谐记》载："晋武帝问尚书郎挚虞仲洽：'三月三日曲水，其义何旨？'答曰：'汉章帝时，平原徐肇以三月初生三女，至三日俱亡，一村以为怪，乃相与至水滨盥洗，因流以滥觞，曲水之义，盖自此矣。'帝曰：'若如所谈，便非嘉事也。'"《宋书・礼志》等典籍有同样记载。或许，挚虞的解释是以流代源，更早的材料已经遗失不存，但联系五月五日生子不举、七月七日生女不吉的习俗看，这一解释应是起源较早的一种解释。后来附加的三月三日的活动也大多折射出此日原为凶日的特点。如唐段成式《酉阳杂俎》前集卷一载："（唐中宗）三月三日赐侍臣细柳圈，带之免虿毒。"

三月三日以消除生命灾难为目的的祓禊活动，在诗文中也有记载，如张衡《南都赋》云："暮春之禊，元巳之辰，方轨齐轸，祓于阳濒。"《乐府诗集》存留了《祓禊曲》这样的题目。

五月五日是五个"重单"日中最典型的凶日，其恶凶色彩最为浓重。古代术数思想中，以单数为"奇数"，也就是不吉利的数字。五月本身即单数，自古就有凶月、毒月之称。王充《论衡・言毒篇》云："夫毒，太阳之热气也。""五月盛阳，子以（此月）生，精炽热烈，厌胜父母，父母不堪，将受其患。"《史记・孟尝君列传》记载，田文，也就是后来的孟尝君，就是在五月五日出生的，他父亲田婴说"五月子，长与户同，杀气父母"，认为五月五日出生的小孩会给家庭以及父母带来不好的影响，因此要将他扔了，是他母亲不忍心将其抛弃而偷偷把他抚养长大，这才成就了以后的孟尝君。《后汉书・礼仪志》载："以五月五日，朱索五色桃印为门户饰，以止恶气。"南朝梁宗懔《荆楚岁时记》

云："五月俗谓恶月，多禁。"延至清代，恶称犹存。还有的地区称这一天是"鬼日"，民间家家挂钟馗图像、贴驱鬼祥符于其室，小孩则穿虎头鞋、系五彩线以辟邪鬼。

苏轼有一首《浣溪沙》词：

> 轻汗微微透碧纨。明朝端午浴芳兰。流香涨腻满晴川。　彩线轻缠红玉臂，小符斜挂绿云鬟。佳人相见一千年。

这首词作于海南，是在五月五日前一天给不避艰险、陪伴自己流放海南的侍妾朝云写的，内容是在端午"恶节"之时给朝云彩线缠臂，祈愿佳人平安。唐明皇李隆基有一首《端午三殿宴群臣探得神字》，其中有几句也涉及五月五日长丝系臂、保佑女子平安的故事：

> 旧来传五日，无事不称神。穴枕通灵气，长丝续命人。

七月七日是女儿节、乞巧日，亦是天上人间夫妻节、牛郎织女相会日。但钩沉索隐，我们发现，七月七日本来也是个凶日，而且与生命生育之灾相关。最直接的记录见诸中国文化的大百科全书——《红楼梦》，该书第四十二回有一段记的是凤姐与刘姥姥谈论"巧姐儿"之事：

> 刘姥姥听说便想了想，笑道："不知他是几时养的？"凤姐儿道："正是养的日子不好呢，可巧是七月初七日。"刘姥姥忙笑道："这个正好，就叫巧姐儿好，这个叫做'以毒攻毒，以火攻火'的法子，姑奶奶定依我这个名字，必然长命百岁，日后长大了，各人成家立业，或一时有不遂心的事，必然遇难呈祥，逢凶化吉，都从这'巧'字儿来。"

凤姐素称女强人，天不怕，地不怕，但对于七月七日生子不吉的习俗还是深信不疑，心有余悸，而刘姥姥的化解办法也无非是“以毒攻毒”。

与生育紧密联系的是婚姻，在民间传说中，七夕是牛郎织女的相会日，这是一桩爱情悲剧中难得的喜剧时刻，所谓“金风玉露一相逢，便胜却人间无数”。（秦观《鹊桥仙·纤云弄巧》）但强作欢乐的后面还是无法解脱的悲伤，它整体上暗示的还是七月七日婚姻与生育的不幸，而喜剧形式则是由民众美化生活、避凶趋吉心理所投射上去的一点亮色。

在九月九日的节俗事项中，虽然缺少有关生子不祥的直接材料，但这一天同样是生命的灾厄危难时辰，同样反映了“重单”不吉观念。

南朝梁吴均《续齐谐记》载：“汝南桓景随费长房游学累年，长房谓曰：‘九月九日，汝家中当有灾厄，急宜去，令家人各作绛囊，盛茱萸以系臂，登高饮菊花酒，此祸可除。’景如言，齐家登山，夕还，见鸡犬牛羊一时暴死，长房闻之曰：‘此可代也。’今世人九日登高饮酒，妇人带茱萸囊，盖始于此。”由此可见，重九也是被视作“毒日头”的。诗词中也多有咏叹重阳辟邪之俗，如宋祁《九日置酒》：“白头太守真愚甚，满插茱萸望辟邪。”

农历一月一日，在“重单”日中情况比较特殊，因为这一天又是元月元日，为一年之始，因此，庆贺之心自然是人皆有之，但省察春节的种种习俗，我们仍可发现某些“凶日”的胎记。

燃放爆竹是渲染春节喜庆气氛的重要手段，可以说，在中国，没有爆竹就没有春节。但是究其源，燃放爆竹是为了驱恶，正月初一，“鸡鸣而起，先于庭前爆竹，以避山臊恶鬼”。（南朝梁宗懔《荆楚岁时记》）《红楼梦》里有一首物谜诗也道出爆竹的原始巫术功能：

能使妖魔胆气摧，身如束帛气如雷，一声震得人方恐，回首相看已化灰。

春联出自桃符，春节用的桃符苇索也是为了禳恶驱邪，《荆楚岁时记》又载：“（正月一日）帖画鸡，或斫镂五采及土鸡于户上。”“悬苇索于其上，插桃符其旁，百鬼畏之。”《晋书·礼志》载：“岁旦常设苇茭、桃梗，磔鸡于宫及百寺之门，以禳恶气。”

在古代元旦的辟邪巫术体系中，还有一个方法，是服用特殊食物来驱邪除凶。《荆楚岁时记》载：“（正月一日）于是长幼悉正衣冠，以次拜贺。进椒柏酒，饮桃汤。进屠苏酒、胶牙饧。下五辛盘，进敷于散，服却鬼丸，各进一鸡子。”

汉魏以降，谶纬术数流行以来，奇偶与凶吉挂了钩，“奇数”成了凶险的代名词，这就是“重单”日在古代被视为不吉利日子的重要原因。

在我国古代，从统治阶层到民间都相信巫术具有沟通天地神灵的功能，其核心价值就是持有强大的心理正能量，通过仪式化的活动，达到逢凶化吉、遇难呈祥的目的。民众主流意愿的具象体现，就是历史上所有的凶日，都被我们逐步转化成了良辰吉日。

您可以嘲笑这是精神胜利法，但我们确实成功了。设想一下，如果没有这种逢凶化吉的心理正能量，中华民族将有太多的悲伤记忆和恐惧记忆，每隔一段时间就要温习悲伤的往事，那日子还过不过呢？

这种心理治疗、心理转向不仅是一个民族、一个国家重要的精神能量，也是当下全世界、各民族不可或缺的精神能量，精神可以转变为物质，在全世界面临巨大困难、巨大挑战的今天，我们应当调整心态，努力以正能量来应对人类面临的挑战。你可以说这是无可奈何，但这也是最好的选择。

王安石《明妃曲二首》（其一）：

同样的故事，不一样的说法

因为没有监督和约束，汉元帝宫廷首席画师毛延寿就腐败了。

王安石也写过《明妃曲》，把两个常见的观点全颠覆了。

王安石指出：回望汉宫，该悲切的不是王昭君，而是幽闭在长门的“阿娇”们。

明妃初出汉宫时，泪湿春风鬓脚垂。低徊顾影无颜色，尚得君王不自持。归来却怪丹青手，入眼平生几曾有。意态由来画不成，当时枉杀毛延寿。一去心知更不归，可怜着尽汉宫衣。寄声欲问塞南事，只有年年鸿雁飞。家人万里传消息，好在毡城莫相忆。君不见咫尺长门闭阿娇，人生失意无南北。

——王安石《明妃曲二首》(其一)

咏明妃是传统诗词写作题材，大凡有什么小人离间、君臣不谐、升职无望、左迁被贬，也就是觉得委屈的时候，很多文人都会把明妃拿出来说事。

明妃就是王昭君，名嫱，汉元帝时宫女，晋代为避司马昭的讳，改“昭君”为“明君”，又称明妃。汉元帝时期，后宫嫔妃太多，元帝看不过来，只能委任宫廷首席画师毛延寿为嫔妃宫女画像，以便元帝按图索“美”。但因为没有监督和约束，画师毛延寿就腐败了，收受宫女的“润笔费”，然后以贿绘人。会拍照、“P图”的人都知道，在拍摄人物时，取景、取光、取位时稍做手脚，观者的感觉就完全不一样。王昭君自视美貌、自视清高，就是不参与贿选活动，结果就是“P图”美女驱逐真实美女，王昭君因为没有美颜照，被长期冷落。汉代执行和亲政策，王昭君又被随机选中，被派到边远地区做和亲工作。临出发时，王昭君认真打扮了一番，元帝一见，惊为天人，回到宫里，越想越气，就把毛延寿这个小虱子捻死了。

但是，杀了毛延寿也没用啊，王昭君这一去就再没能回来。很多人替她委屈，想象着她从繁华大汉嫁到边远地区是多么地伤心，语言不通，饮食不同，风俗差异更是大了去了。历史上文人对这个故事特别有感觉，特别有共鸣，不断调整角度，代替毛延寿来“美颜”其人，悲悯其人。王昭君的故事，最早见于《汉书·元帝纪》，后来经过历代文人一系列虚构增饰的集体操作，逐渐定型。文人咏叹王昭君的诗词不计其数，感叹的主题比较集中，一是痛恨画师毛延寿作弊，第二是悲叹王昭君美而见弃。当然，大多是借昭君酒杯，抒发文人自己的悲哀。

宋代王安石也写过《明妃曲二首》，但王安石把这两个常见的观点全给颠覆了，让悲剧性的人物故事竟然有了一些欢喜意味。

写作这首诗的时候，是王安石最具有创意的时候，他正在构思改革大计，但尚未得到君王的深度认可。

北宋王朝经历了前期的良性发展，到宋仁宗时代，已是升平盛世，但这个历史上少有的福利社会也带来了“三冗”（冗官、冗兵、冗费）问题，封建社会无法破除的土地兼并问题也日益严重。

王安石是有新思想、新谋略的政治家，他的最大特点就是大胆和创新。宋仁宗嘉祐三年（1058），王安石担任提点江南东路刑狱。十月下旬，王安石被召回京师述职，他把工作总结报告写成了《上仁宗皇帝言事书》（下称《言事书》），分析了他在江南东路所见所闻，提出了政经一体化改革的看法。他提出的理财策略很有吸引力，要点是征收天下的财富来重新分配，抑制富豪兼并，保障穷人的基本生活，“善理财者，民不加赋而国用饶”。简单地说，就是既做大蛋糕，也分好蛋糕。王安石的改革计划引起了财政日蹙、捉襟见肘，也心忧民贫的朝廷的重视，因此王安石被升为三司度支判官。专家认为王安石后来推动的熙宁变法就是按照这份《言事书》推行的。

《言事书》确实引起了仁宗的注意，但他并没有立刻委王安石以重任，一直到宋神宗熙宁二年朝廷才正式启用王安石主导改革，任命王安石为参知政事。这中间有十多年的等待期。

从上《言事书》到后来主导改革，有一个聚拢民意，推动朝廷内部达成共识的过程。那一个时代，皇帝听得见的“民意”来自他身边的大臣和文人。王安石希望有更多同僚知道他是有思想、有创见的人，相信他能带领大宋走出死胡同。为此，王安石一方面积极准备改革方略，培养新进人才，为实施新政作准备；一方面创立并传播新学，希望更多的同僚与文人理解他的新思想、新见解。

漫长的等待，使王安石心中也有不爽。当时，诗词就是流行文化的代表，王安石在准备改革方略的同时，忙里偷闲，写了《明妃曲二首》来传播自己的“新见”，也表达了未得重用的不满。

我们说了一大圈，就是为《明妃曲二首》的出场作准备。

《明妃曲二首》推翻了传统成见，对王昭君故事做了全新解读。可以说，王安石在文化史上留下的最深印记倒不是他的经典新解，如《三经新义》等，而是两首小诗《明妃曲》。我们重点解读第一首。

《明妃曲二首》(其一)没有什么生僻的典故，但言远意近，意味深长。他表面上说的是汉代王昭君的故事，其实指的是眼前的事。他说毛延寿根本画不出美人的意态，杀了他也是枉然；又开怼历代文人——你们不要自作多情好勿啦，一个美人的成功在于有真男人的欣赏，王昭君虽然寄身塞外，但眼前有个知冷知热的贴心男人，你们对明妃的可怜都是自作多情。回望汉宫，该悲切的不是王昭君，而是幽闭在长门的“阿娇”们。

这两个翻案题目与王安石自己的怀抱和期待息息相关，王安石就是盼望得一知心明君，能够欣赏自己的意态精神，能够长时间支持他，以完成改革大业。

王安石写这首诗虽然语带不满，但还是希望上达天聪，并晓谕同僚，政治正确是必须考虑的，所以，诗作首先突出王昭君心系汉家的爱国精神：“一去心知更不归，可怜着尽汉宫衣。”为了国家利益，甘愿出塞，知道任重道远，坚持义无反顾，身在番邦，汉服终身。“汉宫衣”代表的是汉文化，汉夷之别，衣冠为先，“可怜着尽汉宫衣”是有象征意义的。

有了这个正确思想的铺垫，王安石开怼了，突出他对历史成见的批判，并发世人之未发，提出全新的见解，核心是如何营造健康的君臣（君王与美人）的关系，突出了知人、知心的君臣互信的基本原则。

要知人就不能以貌择人，更不能以画像上的形象来择人。如果以貌择人，王安石自己就不讨人喜欢。外形上，论小清新他不如晏殊，论大器他不如范仲淹，相貌比较对不起朝廷，或者说，土得掉渣，自带天生黑。北宋文人沈括写了一篇《王安石拒受馈赠》（见沈括《梦溪笔谈》卷九），是为王安石歌功颂德的文字，但还是无可奈何地“黑”了一把王荆公，因为王安石是“黑名昭著”。文章记载了一件小事：

公面黧黑，门人忧之，以问医。医曰：“此垢汗，非疾也。”进澡豆令公颒面。公曰：“天生黑于予，澡豆其如予何！”

这个故事说王安石天生貌黑，医生认为是汗斑所致，建议他使用当时流行的高级洗面肥皂——澡豆，但王安石却知白守黑：“天生黑于予，澡豆其如予何！”这句回答化用的是《论语·述而》中的句子：“天生德于予，桓魋其如予何？”自我解嘲，充满机智。

王安石是个直男，大凡漂亮一点的男子，他都嗤之以鼻，对多年支持自己的老领导韩琦，王安石在日记中写道：“韩琦别无长处，惟面目姣好耳。”意思是说，韩琦什么本事也没有，就是长得帅而已。

王安石的生活习惯也不招人待见。比如，他不喜欢搞卫生，《宋史·王安石传》载：“性不好华腴，自奉至简，或衣垢不浣，面垢不洗。”

性格就更加不讨人喜欢了，他是个有名的犟头杠精拗相公。比如，嘉祐五年（1060）四月王安石被朝廷选拔参与修撰起居注，这是一个很大的荣耀。但当门吏送敕命到他府上的时候，他拒绝了，理由是他无功不受奖。门吏向他下拜，请求他收下，他躲到了厕所里。门吏临走前将敕命留在桌上，却被他追上去将敕命交还给门吏。后来还多次推辞。这种做派，在一些人看来，太过了，有做作的嫌疑，苏东坡老爹苏洵就写过一篇《辨奸论》（关于文章真伪，学界有不同的说法）叙述王安石的为人，认为他最后必将为祸天下：“凡事之不近人情者，鲜不为大奸慝。”

言归正传，回到诗中。《明妃曲二首》（其一）的第一个创新见解是“当时枉杀毛延寿，意态由来画不成”，批评了汉元帝凭画像来评判美人的失策。要知道，“意态”、风韵、情调这些关乎气质的东西，只能感觉，是画不成的。在这首诗里，作者也没有花费许多笔墨描写王昭君的外貌体态，而是着重描写王昭君的风度神态之美，以及汉元帝一见即惊为天人的“失态”来烘托渲染王昭君之美：“低徊顾影无颜色，尚得君王不自持。”

这是为王昭君立传，也是为自己的性状做辩护。知人，需要整体看人，更重要的是看意态，抓“神”态，如九方皋相马，不辨雌雄。

知人很重要，知心更重要，也就是心意相通，不仅欣赏外在美，还要欣赏内在美，唯有知心人，方能长相守。

王安石为什么这么说呢？诗外有隐情。上《言事书》后朝廷有那么点意思要任用他，但也就是意思意思，此后就没有回音。赏识而不见用，这是什么意思?!

另外，王安石对未来改革可能带来的矛盾冲突也有所担忧。

王安石有自知之明，政治家不一定是高明的管理者，有的人擅长strategy（战略）设计，有的人擅长management（管理）落实。他虽然设计了改革的策略，但落实改革方针时可能力不从心。改革是一个系统工程，历史上改革成功的案例并不多。宋朝有点福利社会的意思，“三冗”问题积重难返，改革就会涉及很多人的利益。所以，王安石知道，改革很难一蹴而就，需要强有力且长久的坚持。

宋朝皇帝与文人集团共治天下，宋仁宗更是个兼听则明的仁厚皇帝，免不了被别人说成“耳根子软”。王安石担忧，日后宋仁宗若听多了批评新政的意见，不免会动摇。后来确实如他所料，王安石担纲改革后，几次出山，几次罢相。王安石对皇帝可能用人不专是早有预料的，因此，提前叹息，如果不得知心人，宁愿到塞外交朋友。就像孔子说过的：“道不行，乘桴浮于海。”（《论语·公冶长》）

因为有这个“大心思”，所以，王安石说，王昭君出塞没什么不好，有个一心一意的人守着，比什么样的恩宠都实在。您明妃就在那里待着吧，还可以为民族团结、边疆安定作点贡献呢！你若不开心，我再给你回放一下阿娇她们在长门冷宫的生活实况吧。

晚唐杜牧率先在咏史诗中议论翻新，启发了很多文人对历史进行反思。宋诗本来就重议论、喜反拨，王安石的新见果然引起了很多文人，而且是著名文人的关注。《明妃曲二首》问世之后，震动了整个北宋文坛，像梅尧臣、欧阳修、司马光、刘敞等名人纷纷作诗唱和，一时间，大咖和谐团结，文坛欣欣向荣，为王安石登台奠定了舆论基础。

王昭君

苏轼《惠崇春江晓景》：

一种文字，两般解读

诗人似乎体会到了鸭掌荡清波时暖洋洋、麻酥酥的好感觉，这时候，人就成了鸭，画就成了诗。

通过“心眼”，诗人看到了江水中生命力涌动的河豚“欲上”的动作。

后面两句，不仅仅是写美食，还隐含了一个民间验方，即蒌蒿可解河豚之毒。

竹外桃花三两枝，春江水暖鸭先知。蒌蒿满地芦芽短，正是河豚欲上时。

——苏轼《惠崇春江晓景》

东坡这首诗是一首题画诗，诗因画而起，画以诗而流播。

惠崇是宋初有名的僧人艺术家，苏东坡的诗就是因为看到惠崇作的《鸭戏图》有感而发。

不少选本都用《惠崇春江晚景》这个题目，但钱锺书《宋诗选》中的诗题为《惠崇春江晓景》。我也认为，从诗歌描写的景物特征来看，应当是早春“晓景”。

题画诗不能离开原画，但也不可能全面复述画中内容。这首诗叙述画面内容非常简练，提取了画中最能表现早春“意思”的景物，来描绘画家要表达的早春气象。

竹外桃花三两枝，春江水暖鸭先知。

竹与桃都是最先领受、也最能表达早春气氛的有灵性的植物。竹叶沁翠，桃萼染红，诗人以简笔画出初春之神韵，那种春意酝酿、蓄势待发的勃勃生机，带给人清新、期待甚至感恩的感觉。画面没有填满，只用

“三两枝”，来突出春之“早”，简练传神。

再看下句，作者以敏锐的观察、丰富的联想，由画中春江嬉游的鸭子，写出了凭触觉才能感知到的春水之暖意。对早春时节阳气生发、寒江渐暖的体味、联想，成就了一种视觉引起的触觉感知，又移情于鸭，让鸭来感知春水的“暖”，来传达春之讯息，由人及物，通感共情，诗人似乎体会到了鸭掌荡清波时暖洋洋、麻酥酥的好感觉，这时候，人就成了鸭，画就成了诗。

假如你要问东坡，你也不是鸭，怎么知道鸭的乐趣，东坡可能会说：你也不是我，你怎么知道我不知道鸭的乐趣呢？

蒌蒿满地芦芽短，正是河豚欲上时。

东坡评论王维诗，给出了“诗中有画，画中有诗”的理论概括，其实，他自己也是身体力行者。绘画是空间的艺术，而诗歌是时间的艺术，绘画是静止的艺术，而诗歌是动态的艺术，作者以诗来写画，自然要以诗的手法来表现。原画已经失传，即使存世，也就是一幅静止的风景画，而读画的诗人，通过二度创造，通过生动联想，“活化”了画面。

原画没有、也无法描写河豚的动向，但诗人用想象的虚境补充了画面，诗人从蒌蒿丛生、芦苇吐芽推测正是“河豚欲上”时，通过“心眼”，诗人看到了江水中生命力涌动的河豚“欲上”的动作，把无声的、静止的画面，转化为有声的、活动的诗境，把原来的静态画面变成了动态场景。

这首诗的好处还不仅仅在于写景生动、以简驭繁、化静为动、联想丰富，它还充满了乐滋滋的生活趣味。

东坡不是冬烘道学，他有一颗活泼的童心，他有着发现美景的眼睛，也有着发现美食的味蕾，他就是一个美食家。这首诗前两句写美景，后两句写美食。江南早春，莺飞草长，杂花生树，河边湿地有很多美味生菜、时令野蔌，为什么专门挑蒌蒿与芦芽来写呢？当时人就指出，蒌蒿、芦芽与河豚，是大宋农家乐餐馆推出的最鲜美潮流大菜。苏轼的学生张耒在《明道杂志》中记载了长江一带的本地人士喜食河豚，“但用蒌蒿，荻笋即芦芽，菘菜三物”烹煮，认为这三样与河豚搭配最适宜。由此可见，苏轼的联想与选择搭配是有根有据的。除了诗意之妙，亦可增加一份生活的情趣。

除了以上的背景解读，我们发现，后面两句，不仅仅是写美食，还隐含了一个民间验方，即蒌蒿可解河豚之毒。

宋代辛弃疾有诗专门记载了这个民间验方，见《蒌蒿宜作河豚羹》：

河豚挟鸩毒，杀人一脔足。蒌蒿或济之，赤心置人腹。

芦蒿可解河豚毒，是当时流传的生活常识，宋代的文人笔记、诗话中有不少提到荻芽、芦花、蒌蒿与河豚共食的生活窍门，后来的中医著作也收录了这一验方。可见，苏东坡是生活的高手，处处有学问。

诗人选择河豚与蒌蒿这两种搭配得当的动植物来组合，又用“正是”二字，也表达了天地间一物降一物，万物和谐共存的道理。河豚欲上时，当春乃发生，肉质最鲜美，毒性亦“爆棚”，这时候，恰逢蒌蒿满地之时，蒌蒿可以用来解馋，也可以用来解毒，两相结合，既满足了口腹之欲，又无性命之虑。诗人为饱学之士，他来解读绘画，就衍生出许多画外之趣。可见，学问虽不等于诗歌，但学问也有益于诗歌。

从《定风波》到《临江仙》：

把每一天都过成“巴适的模样”

—

闲适就是慢生活，闲适就是心灵“躺平”，闲适就是“云在青天水在瓶”。

在牢狱之中，苏轼发了毒誓，老子若能跨出这个门槛，一定远离新贵和文痞，到民间去，到乡下去，到三线去，把每一天都过成“巴适”的模样。

或者有心，或者无意，这两首词的词牌正好反映了苏东坡修得“坡仙”、走向真闲适的心灵历程。

三月七日，沙湖道中遇雨，雨具先去，同行皆狼狈，余独不觉。已而遂晴，故作此。

莫听穿林打叶声，何妨吟啸且徐行。竹杖芒鞋轻胜马，谁怕？一蓑烟雨任平生。　　料峭春风吹酒醒，微冷，山头斜照却相迎。回首向来萧瑟处，归去，也无风雨也无晴。

——苏轼《定风波》（莫听穿林打叶声）

夜饮东坡醒复醉，归来仿佛三更。家童鼻息已雷鸣。敲门都不应，倚杖听江声。　　长恨此身非我有，何时忘却营营。夜阑风静縠纹平。小舟从此逝，江海寄余生。

——苏轼《临江仙·夜归临皋》

闲适就是慢生活，闲适就是心灵“躺平”，闲适就是“云在青天水在瓶”。谁不爱闲适的生活！孔夫子在春天里还要带上学生到郊外闲适一把呢。

但闲适也分为两类，一类是富贵闲人，无差遣，有人脉；无贷款，有豪宅；面对大海，假装劈柴。另一类人是“清贫乐”或“农家乐”，虽一无所有，依然优哉游哉，清风朗月，不用一分钱买，这才叫真闲适。

要达成真闲适，其实不容易。很多文人，追求闲适，但常常流露出把持不住的慌乱和寒酸，乃至于牢骚。陶渊明的闲适就伴随着极大的压抑和忍耐，他衣食不周，心有忧愤，哪来的真闲适？陶渊明《游斜川》这首诗中就曾写到自己希望“中觞纵遥情，忘彼千载忧”，但整首诗实际流露出来的不是闲适心态，而是“且极今朝乐，明日非所求”的焦灼感。

杜甫偶尔也飙一把闲适，如《江畔独步寻花》(其六)：“黄四娘家花满蹊，千朵万朵压枝低。留连戏蝶时时舞，自在娇莺恰恰啼。”但老杜的闲适总让人觉得是奉命闲适，是陪君子闲适，是隔着篱笆看人家的闲适。

若说有人获得真闲适，苏东坡算一个，特别是黄州时期的苏轼。

苏东坡的前半段人生和无数个从偏远地区走向京都的才俊一样，追求的是登台亮相，是口角生风，是才华毕现，是辉煌灿烂，心里偶尔也有一份闲适之念想，但那要等到功成名就以后告老还乡，每天发一些自家庭院的丝瓜扁豆照片，享受贺知章、晏殊那样“庭院深深深几许”的富贵闲适。他没有想到过日后苏轼的闲适是和街头小混混打成一片，和“东坡肉”绑定到一起，成为民俗代表。

从仙界跌落到民间，分界线是那一场大风波——“乌台诗案”。

苏东坡确实攻击过王安石主导的新法，又在诗文中讥讽站在改革风口上的那一批“新进”，结果被人构陷入狱，关在御史台，卷入“乌台诗案”。面对生死大劫，苏东坡不是文天祥，他有恐惧，虽然力图保持镇定幽默，但还是害怕“今日捉将宫里去，这回断送老头皮”。(见苏轼《东坡志林》卷六引杨朴之妻《送夫诗》)

可以想见，应该是在那一百多天囚禁在狱的生死煎熬中，苏轼有了深沉的思考，他反省了自己“我被聪明误一生”(苏轼《洗儿戏作》)的历程，将追求人世的功名利禄和荣华富贵的念头都放下了。可能在牢狱之中，苏轼发了毒誓：老子若能跨出这个门槛，一定远离新贵和文痞，到民间去，到乡下去，到三线去，把每一天都过成“巴适”的模样，谨守誓言，“有如白水”。[1]

幸有元老重臣营救，“政敌”王安石也为他求情，古典文人极其高贵的品质由此可见一斑。最终，苏轼免得一死，贬谪黄州。

初到黄州时，东坡尚在惊恐之中，《卜算子·黄州定慧院寓居作》这首词生动地记录了他逃出牢狱后依然惊恐莫名的心态：

惊起却回头，有恨无人省。拣尽寒枝不肯栖，寂寞沙洲冷。

他如无枝可依的寒鸦，连回望都不知道方向在哪里。

但日子还得过下去，还有一大家子不离不弃、作为罪人家属追随苏轼来到了偏僻荒凉的黄州。狱中的反思加之家人给予的温暖，苏轼皈依了黄州，皈依了“东坡”。

苏东坡这种人，一旦想通了，放下得比谁都快，活得比谁都洒脱。而且，东坡学养深厚，儒佛道兼通，能将学养之得和生活之悟相互参照，立地成仙。苏东坡经历了风波，也穿越了风波，加上日后有意的修炼加持，就有了临江举杯、飘举欲飞的“坡仙”。一个涅槃后的苏轼归来了，再也没有什么东西可以击垮他。《定风波》（莫听穿林打叶声）和《临江仙·夜归临皋》这两首词，或者有心，或者无意，词牌正好反映了苏东坡省定风波、临江举杯、修得“坡仙”、走向真闲适的心灵历程。

贬谪黄州时期是苏轼的创作爆发期，东坡最著名的作品如《赤壁赋》、词作《念奴娇·赤壁怀古》，被誉为“天下第三行书”的《寒食帖》等都是这一时期的代表作，这与苏东坡的心态有关。在最困难的时

[1] “有如白水”，为古人发誓的句式，见《左传·僖公二十四年》。

期，因求生而爆发的小宇宙超能量成就了一个才华怒放的黄州苏轼。

黄州时期的东坡完全放下了功名之念，也放下了事业与理想，专注于求生，包括物质的求生和心灵的再生，他尽量把失意的生活过成适意的生活。

东坡肉的诞生可以算作物质求生的创意。东坡肉是一个乐观的例子，也是一个悲伤的故事。东坡虽在与朋友的来往短信中经常用“呵呵”二字，但未见得每天都会乐呵呵。有一段时间，戴罪下放的苏东坡没有工资，可能有一点儿积蓄，但他得省着花，每天只能用一百五十文。当时劳动力的平均日薪大概是每天二百到三百文，虽然黄州地区可能物价会便宜一点，但是每天开销毕竟只有一百五十文，还不到一个农民工一天的收入，日子该是怎么个过法？窘迫已经无法形容。当时的东坡是无可奈何才会将平民百姓也看不上眼的猪肉放到锅里，慢慢烹煮，加了些心思，做成一道美味，发明了独门菜肴东坡肉。我们今天嘻嘻哈哈地夸奖东坡的生活智慧，其实，在当时，他也就是为了活着。作为一个中国顶级文人，苏轼可能没想过让自己的名字和一个当时的低端食品猪肉联系到一起，再不济，也应该是为高档食品羊肉做代言啊，当时也确实有“苏文熟，吃羊肉”的说法。

在心灵再生的追求上，黄州期间的苏轼虽然也免不了人生烦恼，嬉笑怒骂，但有一条努力修习的主线贯穿其中，也获得了“定风波”的心态，由此上升到“临江仙”的层次。此后东坡的人生仍然有大起大落，但以闲适姿态面对生活的态度已经成型。有这样的心态，才会在日后再度升迁、几近宰辅的时候自求外放。

我们通过这两首词来体会黄州苏轼的真闲适。先看《定风波》（莫听穿林打叶声）：

三月七日，沙湖道中遇雨，雨具先去，同行皆狼狈，余独不觉。已而遂晴，故作此。

莫听穿林打叶声，何妨吟啸且徐行。竹杖芒鞋轻胜马，谁怕？一蓑烟雨任平生。　　料峭春风吹酒醒，微冷，山头斜照却相迎。回首向来萧瑟处，归去，也无风雨也无晴。

宋神宗元丰五年三月七日，苏轼前往沙湖，寻找安身立命、赖以穿衣吃饭的田地，途中遇雨，但片刻以后，雨过天晴，作者联想到自己人生的坎坷，写下了这一首千古流传的《定风波》。

“穿林打叶”，这雨来头不小，看上去煞有介事，所以“同行皆狼狈”。“莫听”二字轻轻点拨，表明外物不足萦怀之意。

“何妨吟啸且徐行”，透出一点不驯与俏皮。“吟”为吟咏，是“有腔调”地诵诗，一般用来表明安逸之姿，如《晋书·谢安传》：“尝与孙绰等泛海，风起浪涌，诸人并惧，安吟啸自若。”“啸”，撮口作声，无固定功能，动物可以啸，名士可以啸，妇女可以啸，土匪也可以啸聚山林。“啸”还可以用来修炼气功，唐代孙广所著《啸旨》一书中，指出“啸”有神奇功能：“啸之清，可以感鬼神，致不死。”虽然东坡当年在黄州确实有交接道士、修炼气功的举动，但此处可能也就是吹个口哨，给自己提振精神而已。

“竹杖芒鞋”，是清苦生活的写照，也算是古代最隐士的装束。这次出行是为生计考虑、寻找安顿日子的田亩，但也可当作一次平常的散步、隐士的体验。有文化就是不一样。

“谁怕”，藏不住的一点倔强，底气来自其人生态度：“一蓑烟雨任平生。”江湖渔父、山间樵夫，是自由职业者，不需要官家批准，不必登记领取营业执照。

上片由眼前风雨推及整个人生，表现了作者无惧风雨、我行我素的超然情怀。

“料峭春风吹酒醒，微冷。”出发前喝了点小酒，经此风吹雨打，酒意已消，热气顿时化作冷意。“微冷”写身体感受，也是写精神状态，这个时候的东坡，已经不是借酒浇愁，而是带着清醒的寒意来理解自己身处的世界。

“山头斜照却相迎”，写雨过天晴、斜照相迎的景象，有人情味，与自然更加贴近。

“回首向来萧瑟处，归去，也无风雨也无晴。”自然和生命中的风雨总会不期而至，倘若已身在雨中，不妨边唱边走。生命的过去和远处都有一抹萧瑟，人总要“归去”，真正的智者，活在当下，无惧风雨，在生活的夹缝中都能活出摇曳风姿。

如果说《定风波》（莫听穿林打叶声）中的苏轼行啸风雨时，还是有意保持不仓皇、不失态、无喜无悲的闲适风度，《临江仙·夜归临皋》中的东坡已完全接受生活摆布，逆来顺受，把拒绝当作另一种形式的欢迎，把“倚杖听江声”当作难得的自我心灵对话，也就是彻底“躺平”，与当年高歌“何似在人间”、对人世充满执念的苏轼已经判若两人。且看《临江仙·夜归临皋》：

> 夜饮东坡醒复醉，归来仿佛三更。家童鼻息已雷鸣。敲门都不应，倚杖听江声。　　长恨此身非我有，何时忘却营营。夜阑风静縠纹平。小舟从此逝，江海寄余生。

这首词中的苏东坡最为通达，酒量不大，喝了就醉，醒了再喝。虽然醉了，还记得回家，三更、四更都无妨，如我之落魄贫穷，半夜遇到劫道的也无大碍，大不了给强盗写首诗。到了门口，我就敲门，家童不应，以雷鸣鼻息来回应，我就听江声，大有“行到水穷处，坐看云起时”之真趣。从家童的态度也可以看出东坡不仅自己闲适，也宽以待人，对家童没有太多管束。

“长恨此身非我有”，化用《庄子·知北游》“汝身非汝有也”句。“何时忘却营营”，化用《庄子·庚桑楚》“全汝形，抱汝生，无使汝思虑营营”。

与骑马京华的苏轼相比，黄州东坡，不仅无人喝彩，也无人理睬，但他置身于这宁静、旷阔的大江边，寻觅前世今生，对“我”是否有“此身”都有恍惚之感，重温了庄子化蝶的VR（虚拟现实）场景，得失荣辱在刹那间被一笔勾销，哪儿还会记挂营营人生。黄州苏东坡的诗文中常常出现庄子、道士的身影，留下了向哲人寻求解脱的哲学印记。

“夜阑风静縠纹平”，是写景，也是心灵获得“大闲适”的一种写照。心与景会，神与物游，翩翩然有出世成仙之想——“小舟从此逝，江海寄余生。”驾一叶扁舟，随波流逝，任意东西，将有限的自我融化到无限的为大自然立照的事业中。这个结尾，写得多么飘逸，活脱脱一个没有钱的李白。这样的诗句，也只有从黄州东坡磊落豁达的襟怀中才能流出。

我怀疑，今天的四川成都人也许有不少土著就是北宋闲适文人的后裔，在成都人那里，到处都可以发现“巴适”（闲适）的生活态度。如“这道菜，味道巴适（好）哦”“这个天气，硬是巴适（舒适）”，如果再加一句“巴适得板”，那就是好到极致了，如“明天不上班，爽翻，巴适得板”。

希望大家的日子都是“安逸得很”“巴适得板”。

贺铸《青玉案》：

我很丑，但我很温柔

这首词认真地诠释了一句当代流行语：我很丑，但我很温柔。

自从曹植写了《洛神赋》，男人对“凌波”之女仙便充满美好的想象，可怜委屈了古代女子，要装出个凌波的样子也实在太不容易了。

我吹过那曾吹过你的风，这算不算相识；我踏过你踏过的芳尘，这算不算拥有。

凌波不过横塘路。但目送、芳尘去。锦瑟华年谁与度。月桥花院，琐窗朱户，只有春知处。　飞云冉冉蘅皋暮，彩笔新题断肠句。若问闲情都几许？一川烟草，满城风絮，梅子黄时雨。

——贺铸《青玉案》（凌波不过横塘路）

在江西南昌方言中，有个词很有意思，当地人把长得好看叫作“客气”，长得难看叫作“不客气”，比如说：“老婆，今天侬（你）好客气哟！”这个词透着幽默，也就是说，你是否长得好看，关系到是否待夫有礼、家庭和谐这样的大问题。

这么说来，宋代词人中有一位名家算是很不客气的了，他就是贺铸。

据说，贺铸长得很难看，史称“贺鬼头”。虽然，历史上还有比他更不客气的文人，那就是左思。

有个新词叫作“颜控”，其实长相是很难自我控制的，特别是在没有整容术的古代，武侠小说中的“易容术”都属于异想天开。不幸的是，我们的传统文化中，往往将容貌与品行联系到一起，好人都是相貌堂堂，方方正正，相面术中就把“田”字脸说成天生富贵相，小人一般是尖嘴猴腮，歪瓜裂枣，在戏剧电影中，大凡奸臣恶霸，都是丑陋的人，这种把容貌与品德挂钩的说法强化了丑男的自卑或容貌焦虑。

其实，很多丑男都有一颗温柔美好的心灵，因为有容貌焦虑症，他们天生就是弱势，因为弱势，他们自卑，也特别善于理解、体贴他人。

据史书和同时代的人记载，贺铸有刚正不阿的一面，为人“豪爽精悍”，“喜面刺人过。遇贵势，不肯为从谀”。同时，作为著名的丑男型优秀作家，贺铸又有温柔细腻、体贴人情的一面，他的名作《青玉案》（凌波不过横塘路），就认真地诠释了一句当代流行语：我很丑，但我很温柔。

《青玉案》（凌波不过横塘路）是一首非常美丽的情诗，故事本身可能是真，也可能是假，但抒发的那种失恋的感觉，却很真实，如果你不曾体会，要么是太帅，要么是麻木。贺铸深切体验到了失恋的感觉，并用无边温柔的诗意描写了这种感觉：失恋是一种持久弥漫的痛，犹如“一川烟草，满城风絮。梅子黄时雨”。

让我们逐句品味。

凌波不过横塘路。但目送、芳尘去。

自从曹植写了《洛神赋》，男人对“凌波”之女仙便充满美好的想象，可怜委屈了古代女子，要装出个凌波的样子也实在太不容易了。这一次，贺铸遇到了心仪的“凌波”之女，在苏州城外的横塘，他看到了一位绝世美女。当然，在男人那里，只要是他一见钟情的对象，那都是绝世美女。词人不敢上去打招呼，只能用目光追随她的步履。之所以踌躇不前，是因为曾经追求过，然后明白了，长相还是重要的。

但目送、芳尘去。

想上去打招呼，但每一次都是跃跃欲试而已，勇气可泄不可鼓，若鼓起勇气要受辱，还是听柏拉图的话吧，精神恋爱更高尚。此女凌波如莲，只能远观，只能目送。因为爱，连美人走过的路尘都充满了迷人的芳香，所以叫作“芳尘”。按照现代诗的格式就是：你走过的路 / 你踏过的桥 / 你停留过的电话亭/ 我都要去留恋一番 / 因为那里有你留下的东方香型 poison。或者：我吹过你曾吹过的风 / 这算不算相识 / 我踏过你踏过的芳尘 / 这算不算拥有。有的时候，注意，是“有的时候”，男人是很能委曲求全的，很能把女人抬上天的。连陶渊明这样的人，吃饱了饭，多喝了点酒，都能写出《闲情赋》，与西方的爱情诗相比，一点都不逊色。

锦瑟华年谁与度。

想到另一个问题，词人很心痛：“锦瑟华年谁与度。”无法接近你，我不会怨恨，但你必须允许我嫉妒，想到你将与另一位男子，而且，很可能是美男子共度韶华，琴瑟相谐，我就忍不住，忍不住抽打自己。我有我的逻辑，我看了你一眼，你就应当为我坚守，但你却离开我的视线，与他人共度良宵，这太过分了吧。

还是回到现实，让我猜一猜，今宵，你究竟在哪里，是哪一位幸运的骑士在你窗下歌吟？

月桥花院，琐窗朱户，只有春知处。

我相信你一定是富家女子，我也相信你是一个好女子。我知道，你的住所周围开满了鲜花，你的闺房，有琐窗朱户，你身边，如云的丫鬟个个风姿绰约。你洁身自好，没人知道你的行踪，只有春风知道你的居处。

天呀，我为什么这么自苦，正像我的前辈词人晏殊说过的“无情不似多情苦”(《玉楼春·春恨》)。晏大人，我知道你做过宰辅，也知道你一表人才，但我只想承认你的词人身份，因为，说到写词，我们方可一比。

飞云冉冉蘅皋暮，彩笔新题断肠句。

回到眼前，我在美人走过的小桥边，呆呆地守望到黄昏，飞云冉冉，蘅皋春暮，天色已晚，我却不知道何处是归程。

我已然发现自己在钱、权、女人缘的问题上都比不过别人，那就让我试一试，在文采和人生境界上做文章。你有倾国倾城貌，我有彩笔断肠句，“你若不感动，我就死给你看！”

若问闲情都几许？一川烟草，满城风絮，梅子黄时雨。

若问我的伤感，我无法言说，只能指给你看，我的忧伤在何处：“一川烟草，满城风絮，梅子黄时雨。”一句话，我的忧伤如蓬勃的春草，如扬起的飞絮，如江南的梅雨，写满了天地，写老了季节。

如果你还不明白，你就无法进入我的读书会，你就不配读我的词。我写的是风景，说的是忧伤，这叫以景抒情，你懂吗？再说，这个时候，能被我调遣的也就是这些没有主人的风光了。

这首词的结尾，在词学界获得高度认可，为此，贺铸得到了“贺梅子”的称号。这几句是情景交融的典范，而情景交融又是中国诗歌美学的结晶。

另外，我个人认为，这个结尾有了“鼎足对”的基本形式。

平仄相谐，两两对仗，至近体诗已经炉火纯青，但过分成熟，就有人想革故鼎新。所以，就开始有人反“对仗”，开始运用别的手法写诗作词，如拗救，如散文化的句式。“鼎足对”就是三个句子一体化，如鼎足分列，到元曲中才充分成熟，如马致远〔双调〕《夜行船·秋思》：

〔拨不断〕名利竭，是非绝。红尘不向门前惹，绿树偏宜屋角遮，青山正补墙头缺。更那堪竹篱茅舍。〔离亭宴煞〕蛩吟罢一觉才宁贴，鸡鸣时万事无休歇，何年是彻？看密匝匝蚁排兵，乱纷纷蜂酿蜜，急攘攘蝇争血。裴公绿野堂，陶令白莲社。爱秋来时那些：和露摘黄花，带霜分紫蟹，煮酒烧红叶。想人生有限杯，浑几个重阳节？人问我顽童记者：便北海探吾来，道东篱醉了也！

鼎足对也并非凭空产生，宋词中已经有一些鼎足对的句式，而贺铸《青玉案》结尾就是比较早的鼎足对的雏形。这也是这首词的价值之一。

婉约词宗·李清照：

济南一姐的幸福时光

她热爱生活中一切有趣的东西，还动不动就喝个大酒。

出阁之前，婚姻自主的李清照也要玩一下最后的单身潇洒，在公众号上抛出了后世广为传诵的词章《如梦令》。

大凡婚姻过了七年的，有几个女子没说过“我瞎了眼”这样的气话？

李清照是北宋婉约派词人的代表，晚年的词，也有悲悲戚戚之语，但考察李清照早期词作，却不见婉约词常有的那种温婉幽咽、欲说还休的风格，倒是实践了她自己提出的审美规定：不循常规、“别具一格”（见李清照《词论》）。今天，我们选取几首词，让你看一看幸福、高调时刻的济南一姐李清照。她已经具备了现代女性的阳光性格，她可以和你一起去 Gym（健身房），一起去撸串，喝不带 Coffee-Mate（伴侣）的苦咖啡，这样的性格，只一个字：爽！

李清照出身官宦家庭，父亲李格非曾任礼部员外郎。李格非精通经史，长于散文，李清照的母亲王氏也知书能文。清贵的家庭给了她读书诵诗的自由，给了她放飞自我的条件，估计也给了她靓仔一般的教育，因此李清照有一定程度的“女汉子”性格，是个不按常理出牌的姑娘。

她小小年纪便文采出众，于诗、词、绘画、音乐无不通晓，尤以词的成就为最高。宋代王灼《碧鸡漫志》云：“（李清照）自少年便有诗名，才力华赡，逼近前辈。”李清照自视也甚高，她的词《孤雁儿》（藤床纸帐朝眠起）序云：“世人作梅词，下笔便俗。”你看她，开口就笑世人俗，一下笔就“横扫千军如卷席”啊。

青少年时代的李清照，可是济南府有名的女公子，出入会馆，吟诗作赋，打马赌球，性格豪爽。别人家女子只会生闷气，她可不一样，先喝两杯，再独自到荷花深处荡个舟，就忘记为什么生气了。

她热爱生活中一切有趣的东西，还动不动就喝个大酒。她的词里到处泛着酒香，五十多首词有近一半写到酒，含酒量比陶潜、李白都高。她是宋代高品位的“分茶”艺术领导者，她的诗词作品中多次写到分茶，如《晓梦》诗：“嘲辞斗诡辩，活火分新茶。”《转调满庭芳》(芳草池塘)：“当年曾胜赏，生香薰袖，活火分茶。”非得用“活火”来煎茶，说明她对“分茶”艺术的精致追求已接近苛刻。

李清照还是宋朝流行的游戏“打马”的终极玩家，她总结了二十多种游戏方法，只差开培训班了。有人认为，“打马”就是麻将的源头之一。

因为是按照男儿模样塑形的，所以，李清照有男子气概，日后能写出《渔家傲》(天接云涛连晓雾)这样的“放飞型”词句，也能写出《夏日绝句》那样的军旅诗歌：“生当作人杰，死亦为鬼雄。至今思项羽，不肯过江东。”不把她算作豪放派词人，简直是歧视妇女。

李清照的豪爽还表现在对婚姻自主的追求上。

十八岁那一年，在古董市场，她遇到了赵明诚。小伙子一表人才，且是高干子弟，乃吏部侍郎赵挺之之子，且是金石考据家，李清照一见就暗生喜欢，有相见恨晚、淘得一宝的感觉。接下来，那一年的元宵，她又在灯会上与赵明诚“不期而遇”。宋代的元宵是一个有故事的节日，大文豪欧阳修就记下了他在元宵节遇到的好事：“去年元夜时，花市灯如昼。月上柳梢头，人约黄昏后。”(欧阳修《生查子·元夕》，一说是朱淑贞词或秦观词)遥想日后济南名人辛弃疾在元宵晚会上，也玩过小情调，写下“众里寻他千百度，那人正在，灯火阑珊处”的精神幽会。可以设想，那一个元宵的晚上，李清照是主动去撩帅哥的，她拿出一个现制灯谜，请小帅哥赵明诚帮忙解读一下：“家在大明湖边，杨柳巧笑含烟。若有神仙驻足，即是福地洞天。”(对不起，李清照没有这首打油诗，这是作者根据情景需要编写的)这赵明诚，人是厚道人，但也不傻，马上向她要了伊妹儿(email)地址，说是“好诗好诗，不解不解，回去以后再发邮件对答案”。一来二去，赵明诚主动交底：公务员身份，干部梯队人选，有房有车，您看？两人遂私下约定，由赵明诚亲自登门提亲。

求婚那一天，李清照清晨就出去荡秋千了，估摸着两盏茶的工夫到了，回到家，到厅堂露个脸。只见她便装轻衣搭功夫鞋，金钗斜溜，汗湿刘海，纤纤玉手拿一枝带露的青梅，一身的青春气息。说是过来给父亲请安，其实是去了解一下会谈结果。一看，茶杯里放了两枚山东大枣，双方其乐融融——有戏。走到门口了，又以深嗅青梅做掩护，一回首，把来提亲的赵明诚偷看一遍——满意！又对赵明诚眨了个眼，就当我不知道，您继续！年轻就是好，一冲动，自己找到个暖男赵明诚。李清照当晚就写了一首《点绛唇》词来纪念这个令人心旌摇荡的时刻：

蹴罢秋千，起来慵整纤纤手。露浓花瘦，薄汗轻衣透。见客入来，袜刬金钗溜。和羞走，倚门回首，却把青梅嗅。

出阁之前，李清照也要玩一下最后的单身潇洒，在公众号上抛出了后世广为传诵的词章《如梦令》：

昨夜雨疏风骤，浓睡不消残酒。试问卷帘人，却道海棠依旧。知否？知否？应是绿肥红瘦。

把一个富二代女孩的清雅生活表现得如此诗意，也含蓄地告诉了赵明诚：先把地窖的红酒检点一番再来接我上轿。另外，给我配置的丫鬟可不能是个傻大姐，须是能作诗、能和我对话的小姐妹。

此词一问世，便轰动了整个京师，“当时文士莫不击节称赏，未有能道之者”。（《尧山堂外纪》卷五十四）

婚后的李清照，装了几天淑女模样，又忍不住气场爆发，十分“嚣张”，处处要压赵明诚一头。比如，李清照提出，喝下午茶的时候比赛背书诵典，谁赢了谁先喝第一泡香茶。李清照博闻强记，总是赢家，有一次赢了以后哈哈大笑，把茶都洒了一身，纳兰性德《浣溪沙》（谁念西风独自凉）中有“赌书消得泼茶香”一句，用的就是这一段佳话。

有一年重阳，李清照写了那首著名的《醉花阴》，寄给在外做官的丈夫：

> 薄雾浓云愁永昼，瑞脑销金兽。佳节又重阳，玉枕纱橱，半夜凉初透。　　东篱把酒黄昏后，有暗香盈袖。莫道不销魂，帘卷西风，人比黄花瘦。

富贵气象与黯黯心情打成一片，寂寞惆怅如暗香弥漫在东篱黄昏。这首词确实太漂亮了，据《琅嬛记》载，赵明诚接到后，叹赏不已，又想较劲，于是就闭门谢客，废寝忘食三日三夜，写出五十首词，再把李清照这首词也掺杂其间，请友人陆德夫品评。陆德夫把玩再三，说：“只三句绝佳。”赵明诚问是哪三句，陆德夫答：“莫道不销魂，帘卷西风，人比黄花瘦。”

当然，李清照也不是恃宠而骄的人。赵明诚是个有梦想的官二代，他立志要完成大宋国家级科研项目《金石录》的整理，李清照就帮着他到处搜寻字画古董，钱不够，就变卖家当。政和七年（1117），在李清照的协助下，赵明诚大体上完成了《金石录》的写作。据张端义《贵耳集》卷上载，赵明诚撰《金石录》，李清照“亦笔削其间”。当然，工作之余，李清照也没有忘记个人爱好，顺带整理一下游戏大全《打马图序》。

如果故事到这里为止，完美！一对少有的幸福夫妻，简直是神仙眷侣的范本。可惜，这只是前传，李清照接下来的人生，就充满“凄凄惨惨戚戚”的短嘘长叹了。李清照夫妇遭遇了南北宋之交的巨大动荡——靖康之难，国破，家亡，人去，楼空，而且，接下来还有一出令人难堪的情节。

也许赵明诚这个男子实在是太“暖”了，从相逢相识开始，她便相信了爱情。南渡以后，遇到了小吏张汝舟，此时的李清照已经四十九岁，赵明诚去世亦近三年，接近“知天命”的单身女人，一旦勇敢起来，一旦相信点什么，比如期货基金，比如瘦身秘方，还有远方的爱情，那就是一个飞蛾扑火。

然而酒醒后，发现冲动实在误人，那个张汝舟就是个渣男，是看上了她的文物家私，便有些后悔，或许还有赵明诚托梦，告诉她所嫁非人，心里更添了些膈应。接下来，张汝舟多次询问李清照携带的米芾墨迹的价格，李清照真的生气了。那个年代，女子无权提出协议离婚，如果非离不可，就要起诉丈夫，但犹如儿子揭发父亲。在旧时代，这样的做法，对也是错，女子“告夫”，女方必须坐牢两年。这个奇葩的规定，用现代人的思维是想不通的。为了摆脱姓张的小人，李清照宁愿坐牢，也要把他告上了法庭。这时候，“女汉子”李清照又回来了。

这一段婚姻存续时间很短，对这件事的真假，史家历来也有不同的看法，有不少学者本着为贤者讳的好心，不承认有这件事。我认为，即使有这件事，也没有什么丢脸的，看男人看走了眼的女子还少吗？这是眼力的问题，与品德无关，与才华无关，与风月无关，跌倒了爬起来，照样加入“乘风破浪的姐姐”。再说，我们欣赏的是李清照的才华和超越时代的个性，关于婚姻之误，到处都有。大凡婚姻过了七年的，有几个女子没说过“我瞎了眼”这样的气话？说完了，继续“血拼”（购物），该买包的买包，该买菜的买菜。

陆游《诉衷情》：

冷梦与热血同在

积贫积弱、日见窘迫的南宋是一个需要英雄的时代，但这又是一个英雄“过剩”的时代。

历史的秋意，时代的风雨，英雄的本色，艰难的现实，共同酿成了这一首悲壮沉郁的《诉衷情》。

他的心灵高高扬起，飞到“天山”，他的身体却沉重地坠落在“沧洲”。

当年万里觅封侯，匹马戍梁州。关河梦断何处？尘暗旧貂裘。 胡未灭，鬓先秋，泪空流。此生谁料，心在天山，身老沧洲。

——陆游《诉衷情》（当年万里觅封侯）

《诉衷情》（当年万里觅封侯）是陆游晚年的作品。

积贫积弱、日见窘迫的南宋是一个需要英雄的时代，但这又是一个英雄“过剩”的时代。陆游的一生以抗金复国为己任，无奈请缨无路，屡遭贬黜，晚年退居山阴，有志难申。“志士凄凉闲处老，名花零落雨中看。”历史的秋意，时代的风雨，英雄的本色，艰难的现实，共同酿成了这一首悲壮沉郁的《诉衷情》。

作这首词时，词人已年近七十，身处江湖，未忘国忧，烈士暮年，壮心不已，这种高亢的政治热情、永不衰竭的爱国精神铸就了词作风骨凛然的崇高美。但壮志不得实现，雄心无人理解，虽然“男儿到死心如铁”，无奈“报国欲死无战场”，这种深沉的压抑感又酿成了词作中百折千回的悲剧情调。词作说尽忠愤，回肠荡气，冷梦与热血同在。

当年万里觅封侯，匹马戍梁州。

开头两句，词人再现了往日之壮志凌云，回忆当初奔赴抗敌前线的勃勃英姿。“当年”，指乾道八年（1172），那时陆游来到南郑（今陕西汉中），投身到四川宣抚使王炎幕下。在前线，他曾亲自参加过对金兵的遭遇战。“觅封侯”，用班超投笔从戎、立功异域“以取封侯”的典故，写自己报效祖国、收拾旧河山的壮志。一个“觅”字显出词人当年的自许、自负、自信的雄心和坚定执着的追求。“万里”与“匹马”形成空间上的强烈对比，匹马征万里，“壮岁从戎，曾是气吞残虏”（陆游《谢池春·壮岁从戎》），呈现出一派卓荦不凡之气。“悲歌击筑，凭高酹酒”（陆游《秋波媚·七月十六日晚登高兴亭望长安南山》），“呼鹰古垒，截虎平川”（陆游《汉宫春·初自南郑来成都作》），那豪雄飞纵、激动人心的军旅生活至今历历在目，时时入梦。之所以会这样，是因为强烈的报国之志受到太多的压抑，积郁的情感只有在梦里才能得到宣泄。

关河梦断何处，尘暗旧貂裘。

在南郑前线仅半年，陆游就被调离，从此关塞河防、平原猎虎，只能时时在梦中遭遇，而梦醒不知身在何处，唯有抚摸旧时貂裘戎装，眼见得已是尘封色暗。一个“暗”字将岁月的流逝、人事的消磨，化作灰尘堆积之暗淡画面，心情饱含惆怅。

上片开头以“当年”二字楔入往日豪放军旅生活的回忆，声调高亢；“梦断”一转，形成一个强烈的情感落差，慷慨化为悲凉。至下片则进一步抒写理想与现实的矛盾，跌入更深沉的浩叹，悲凉化为沉郁。

胡未灭，鬓先秋，泪空流。

这三句步步紧逼，声调短促，说尽平生不得志。放眼西北，神州陆沉，残虏未扫；回首人生，流年暗度，两鬓已苍；沉思往事，雄心虽在，壮志难酬。“未”“先”“空”三字在承接比照中，流露出沉痛的情感，越转越深：人生自古谁不老？但逆胡尚未灭，功业尚未成，岁月已无多，这才迫切感到人“先”老之酸楚。“漫一事无成霜鬓侵”，一股悲凉渗透心头：人生老大矣。然而，即使天假数年，双鬓再青，也难以实现“攘除奸凶，兴复汉室”的事业。“朱门沉沉按歌舞，厩马肥死弓断弦”（陆游《关山月》），“云外华山千仞，依旧无人问”（陆游《桃源忆故人·中原当日三川震》）。所以说，这忧国之泪只是“空”流，一个“空”字既写了内心的失望和痛苦，也写了对君臣尽醉、偏安东南一隅的小朝廷的不满和愤慨。

此生谁料，心在天山，身老沧洲。

最后三句总结一生，反省现实。“天山”代指抗敌前线，“沧洲”指闲居之地，“此生谁料”即“谁料此生”。词人没料到，自己的一生会不断地处在“心”与“身”的矛盾冲突中，他的心神驰于疆场，他的身却僵卧孤村，他看到了“铁马冰河”，但这只是在梦中，他的心灵高高扬起，飞到“天山”，他的身体却沉重地坠落在“沧洲”。“谁料”二字写出了往日的天真与此时的失望，“早岁那知世事艰”，“而今识尽愁滋味”，理想与现实是如此格格不入，无怪乎词人要声声浩叹。“心在天山，身老沧洲”两句作结，先扬后抑，形成一个大转折，词人犹如一心要搏击长空的苍鹰，却被折断羽翮，落到地上，在痛苦中呻吟。

陆游这首词，确实饱含着人生的秋意，但由于词人“身老沧洲”的感叹中包含了更多的历史内容，他的阑干老泪中融汇了对家国的炽热感情。所以，词的情调体现出幽咽而又不失开阔深沉的特色，比一般仅仅抒写个人苦闷的作品显得更有力量，更为动人。

陆游《示儿》：

中国古代父亲的最后一封家书

传统家庭中，母亲可以教育儿子，父亲只能教训儿子。

《示儿》是中国古代父亲陆游的最后一封家书。

我们究竟是悲伤还是欣然，是愤怒还是接纳呢？我们该怎样做父亲呢？

死去元知万事空，但悲不见九州同。王师北定中原日，家祭无忘告乃翁。

——陆游《示儿》

阅读《示儿》诗的时候，我们悲凉与温暖的感情杂糅。这首诗作于宋宁宗嘉定二年十二月（已入公元1210年元月），此时陆游八十五岁，这是中国古代父亲在临终前用诗歌的形式写给儿子的一封家书。

八百多年前，在中国南方的那个城市，冬日的阳光依然温暖，小院很宁静，一位老诗人要给自己的孩子写一首诗，多么温情，甚至有点浪漫，但这是他行将离去时的最后的温情，他留下的是富有中国父亲特色的一封家书。

中国传统文化对父母的定位是严父慈母，中国父亲大都扮演一个严厉的角色，不苟言笑。所以，大观园里的贾母、王夫人都有资格心疼宝玉，她们可以“做好人”，她们也可以教育宝玉（“教”加上“育”，很准确），而贾政就没有这个资格，他只能“教训”儿子，否则，他就不是一个负责任的父亲。我们的传统文化没有设定父亲和孩子共享的秘密花园，有的只是督促功课的书房。古代父亲也不习惯和孩子讲温情话，要说的都是大义凛然的关于家国天下的“大话”，但这未必不是令人感动、真实可亲的中国父亲。陆游的这首《示儿》诗就是中国父亲的典型写照。

“死去元知万事空”，人之将死，其言也哀，但诗人却非常旷达，万法皆空，万物归本，关于生死流转的道理我早就了然于胸。“无为在歧路，儿女共沾巾。”孩子，让我们共同“放下”！第一句对生死的概括破空而来，旷达洒脱，它表现了诗人死无所畏的达观。但人之将终，他总有一些放不下的东西需要交代吧。他希望单独和儿子聊几句，他想把最重要的心思托付给儿子，但诗人没有说明家产的分配，没有教育儿子要耕读传家，做家庭的顶梁柱，“但悲不见九州同”，他把自己至死放不下的一份崇高的理想托付、传承给了儿子。“但”的意思是“只是”，诗人临终前悲伤的不是个人生死，只是没有看见南宋收复淮河以北的大好河山，没有看到祖国的统一。自己心有不甘，这才是放不下的遗憾，但这是一个具有大情怀的遗憾。

“王师北定中原日，家祭无忘告乃翁。”诗人虽然沉痛，但并非绝望，诗人坚信总有一天宋朝的军队必定北伐中原，光复失地。“王师北定中原日”这一句没有用假设的句式，用的是直接呈现的形式，就好像诗人看到了这一天，目睹了这一宏大辉煌的时刻，以此表现了“男儿到死心如铁”的阳刚人格和期盼王师大捷的家国情怀，并以此作为精神财富交给了当家儿子。

最后一句“家祭无忘告乃翁”，情绪又一转，回到现实，无奈自己已经看不到南北统一的那一天，只好把希望寄托于后代子孙。于是深情地嘱咐儿子，日后家祭时千万别忘记把“北定中原”的喜讯告诉你的父亲。

这就是中国父亲的最后一封家书，他永远把节操的成就、义气的加持、人品的淬炼和理想的实现放在最前面。我们很是有些佩服，当然，我们也有些遗憾，如果是和平年代，这位中国父亲有没有更温暖的家书留给儿女呢？

现在的孩子不再那么顺从，他们更独立，更有个性，因此，也有一些古代父亲无法对付的场景，曾经看到一段“很有个性”但未必很有

“文化”的“下一代”的抱怨，因为自己不够“成功”，儿子突然“恍然大悟”：我的成功，需要我的努力，我的不成功，却是与父亲关系很大，因为“基因是你给的，成长环境是你给的，社会阶层是你给的——你不能埋怨自己孩子没出息”。

请不要跳起来，那可能是一批孩子在一定阶段的真实想法。

这样的抱怨无论如何不会出现在陆游生活的时代，那个时候的孩子，即使有反叛意识，但他们的思想走不了这么远，所以，作为时代接缝中的父辈，听到这样的“大不敬”言辞，我们究竟是悲伤还是欣然，是愤怒还是接纳呢？我们该怎样做父亲呢？

我也无言以对，还是让我们带着孩子从小阅读一些古典诗词，这也许可以拉近两代人的距离。

李孝光《满江红》：

并非所有的古代官吏都高高在上

或许是旅途的孤独，或许是舟行的寂寞，他们这身份迥异的一官一民，这平日里很难平起平坐的一对，如今在这小舟上，在这舱篷下的一方天地里，开始交流起人生心得了。

或许这艄公他又是多喝了两杯，得了三分颜色，便七荤八素，不知天高地厚，忘记官尊民卑了。

并非所有的古代官吏都高高在上。

烟雨孤帆，又过钱塘江口。舟人道：官侬缘底，驱驰奔走？富贵何须囊底智？功名无若杯中酒。掩篷窗，何处雨声来，高眠后。　　官有语，侬听取。官此意，侬知否？叹果哉忘世，于吾何有？百万苍生正辛苦，到头苏息悬吾手。而今归去又重来，沙头柳。

——李孝光《满江红》(烟雨孤帆)

或许是旅途的孤独，或许是舟行的寂寞，他们这身份迥异的一官一民，这平日里很难平起平坐的一对，如今在这小舟上，在这舱篷下的一方天地里，开始交流起人生心得了。官话与俗语，京腔与吴音打成了一片。这官民之间的直接且平等的对话，实在是封建社会中难能可贵的一幕。

艄公操的是一口吴语，我们不妨借助语言的对译，贴近他去听一听：

侬这个老爷呀，为底个事体，奔来波去。铜钱么弄勿到几文，忙么忙得个脚打屁股。富贵日脚娘胎带，拨尽算盘弄勿来。你拿的是官饷，吃的是皇粮，可惜身子就卖给官家了，侬倒不如我快活，我是饭前一杯酒，万事不发愁。船舱虽小，关上格窗子我好睡大头觉，风浪轻轻格摇，枕头垫垫高，管他什么窗外风飘飘、雨潇潇。

老百姓自有老百姓的生活哲学，虽无形而上之深奥，却也简洁实惠。但自古以来，岂有百姓示范为官者、“下愚”而启“上智”者乎？或许这艄公他又是多喝了两杯，得了三分颜色，便七荤八素，不知天高地厚，忘记官尊民卑了。且看这为官的如何处置，少不了金刚怒目，批颊掌嘴，饱以老拳。

但这个当官的倒是少见，一副菩萨低眉之状、悲天悯人之心，且与之同声相应，促膝而谈，京腔中还夹进了一些吴语：船老大呀，侬听我说，我的心意侬还没猜着，我做官倒不是求富贵。大凡儒生为官，胸中总横阂着一个“世”字，我也就是这“世”字在心抹不掉。我辛苦奔波，“知我者谓我心忧，不知我者谓我何求”，我是凭天道良心、先圣格言立身处世，以百姓疾苦、民瘼民痛为念呀。你想那田头百姓，面朝黑土，背对青天，足蒸暑气，头顶风霜，春种五谷，秋交皇粮，实在辛苦啊。还有那胥吏毒于蛇，苛政猛于虎，百姓是敢怒不敢言，欲诉无处投啊。吾辈官儿虽小，干系正大，解民倒悬，事在吾手。正为此济世之心，我才山程水驿，常年奔波，披星戴月，往来江上，这常年见我奔波的岸边沙、江头柳就是证明。

官长说完这番话，艄公有何言语，词作没有交代，或因道不同而不复相谋；或风吹酒醒，二人有所动于中，默然无语；或知己话长，举杯再饮。如何收场，读者自可构造一个合理的结局。但这首词至少给后人留下另一种资料——并非所有的古代官吏都高高在上，也有贴近百姓、一心为民的好官吏。

自宋苏东坡开豪放词派，遗泽广被后人，词风播及南北。苏学北行，金人得其豪，元人得其旷，因此，描写渔夫樵夫，歌颂隐逸避世之作成为元代诗文一大主流。但这首词却旧调新翻，以舟子作衬托，剖白了儒者救世之志，歌颂了为民之心，这在词中实属少见。

李孝光为一时名儒，久隐乡里，屡征不起，至正七年（1347）诏征为秘书监著作郎，越明年，升为秘书监丞，卒于官。由此看来，他内心也有过进退行藏之斗争，终因儒家为君为民、出世救世之大义而舍弃“小我”洁身自好之趣。因此，“艄公”与“我”之对话 又何尝不可看作词人矛盾心理之人格化、戏剧化的表现，犹如苏轼《前赤壁赋》中“客”与“我”之驳难，形象地表现了东坡心灵由哀伤而旷达的历程一样，这首词也可看作词人内心交战的显影。

这首词除开头两句介绍背景外，其余部分全用对话体，通过对话刻画两个不同身份的人物，闻声如见其人，作者有意融入吴侬醉语，语言通俗波俏，别有一番情趣，具有元代文学特有的俗趣与辣味。

明清篇

杨慎《临江仙》：

“滚滚长江东逝水”是如何走红的

“渔樵”说史有它的历史传承性，“渔樵”是披着劳动人民外衣的知识分子，是有腔调的历史记录者。

这首词它属于“走着走着就红了”的那一类作品。

现而今，这首词到了凡有卡拉OK处，皆能歌杨词的地步。

滚滚长江东逝水，浪花淘尽英雄。是非成败转头空。青山依旧在，几度夕阳红。　　白发渔樵江渚上，惯看秋月春风。一壶浊酒喜相逢。古今多少事，都付笑谈中。

——杨慎《临江仙》(滚滚长江东逝水)

杨慎是明代三大才子之首，一生著述极丰，据统计，他的各类著作总计四百余种。他的词作《临江仙》(滚滚长江东逝水)现在已经是家喻户晓，几乎到了凡有卡拉OK处，皆能歌杨词的地步。这首词也确实不错：气魄宏大，昂首江畔，指点人间英雄；思致闲放，携手渔樵，笑看青山夕阳。有人甚至评论，明朝有这一首《临江仙》就够了，把这首词抬举到为大明代言的高度。

杨慎的这首《临江仙》词全面否定了人世间的荣华富贵，虽落魄江湖而快意人生，又代言渔樵，认领了历史终极解说者的身份，间接否定了正规史书的作用，否定了封建王朝正统话语权的地位，忒爽!

有许多人思考过一个大命题：是什么人、什么群体创造了历史，主宰了历史，历史由谁来书写。主流的思想认为英雄创造历史。而且，英雄是天授的，是命定的，是继承的，历史的开篇必须是帝王世纪，然后才是王室家奴的故事。

知识分子，即使不是历史的创造者，也希望成为历史的书写者，根据自己的道德判断来为历史作结论。历史上也有落魄知识分子，站在更加超脱的地位，站在浩浩汤汤的大江大河边，说着“风凉话”，指出历史发展的“熵”无序规则、糠秕史书记载的皇奴态度，然后，意味深长地朝江边山林画了个圈，告诉你真正旁观历史、审视历史、记录历史的是以“渔樵”为代表的人民。杨慎的这首词，就是这种话语逻辑的诗意表达。

“渔樵”当然不是真正的“劳动人民”，是隐世高韬之士，是儒士的另一种生存形态，他们其实也有一只脚站在统治阶级一边，但因为不得志，连说恭维话的机会也没有，就到边上说说敞亮话，在后院写一些野史笔记。从官家写正史，到“渔樵”写野史，再到今天网络上摸鱼偷菜的写手点滴记录历史，“渔樵”说史有它的历史传承性。“渔樵”是披着劳动人民外衣的知识分子，是有腔调的历史记录者。

所以，杨慎厕身渔樵，自得其乐，也不觉得跌份儿了。

这首词气魄大，见解深，开阔和通透融合在一起，常有人把它和苏东坡《念奴娇》（大江东去）相提并论，它们之间确实有一些共通处，作者对历史的审视，对传统的讥讽，对人世浮华的否定，都达到了一个时代的认知高度。

杨慎这首词，结合他的生平遭际来看，不是凭空议论，不是无病呻吟，确实是有感而发，其感慨，既有个体生活经历作为写作基础，也与历史上无数文人命途多舛的唱叹相呼应。

杨慎的身世遭际堪称天上人间，落差特别大。他的父亲杨廷和曾任吏部尚书、武英殿大学士，权倾朝野，与张皇后共同拥立嘉靖皇帝，可谓一人之下，万人之上。杨慎自己于正德六年（1511）殿试第一，独占鳌头，授翰林院修撰，从此登上明朝政治舞台。更耀眼的是，他当时才二十四岁，青春年华，无限可能，不得意都不近天理。

但此后并非岁月静好，因为长期内卷于朝廷斗争，得罪了大明一把手，杨慎两次受廷杖，在朝堂当着众人被包着铁皮、带有倒钩的栗木廷杖鞭笞，不仅是肉痛，更是奇耻大辱，与当年独占鳌头、群英仰望相比，简直是魔幻，落差也太大了吧。此后杨慎一直宦途蹭蹬，嘉靖三年（1524）卷入“大礼议”事件，也就是以祖宗礼仪家法的名义对抗皇帝的独裁横行，触怒嘉靖帝，被杖责罢官，谪戍云南，在当时的烟瘴之地云南蹉跎了三十多年，老死荒蛮。这种巨大的转折是少有的，他对历史、对人生的感慨来自切身感受，因为真诚，容易引起共鸣。

如果说杨慎人生的开卷是豪华版，后面的长卷就是百纳补丁版了，但他的生命力却异常旺盛。两次廷杖，没有被打死，流落蛮瘴之地三十多年，依然好好地活着，寄情山水，悉心著述，编撰经史方志，一直活到七十多岁，连嘉靖皇帝都不服气，经常“关心”着他是否还活着。这么看来，杨慎的一生命定是起伏动荡的一生，“鬼畜”“奇葩”的一生，敢与皇权斗争的一生，也是历史旁观者和叙述者的一生。

这首词，是杨慎一生无数磨难中的一次叹息，虽属上乘之作，还不能算中国文学的顶峰之作，它属于“走着走着就红了”的那一类作品。我们先看一看词作的不足之处。

首先，这首词原创度不高，其意境明显化用苏东坡《念奴娇》（大江东去）词和苏东坡《前赤壁赋》，甚至词汇和造句也有类似处，如开头两句：“滚滚长江东逝水，浪花淘尽英雄。”与苏东坡《念奴娇》（大江东去）如出一辙：“大江东去，浪淘尽，千古风流人物。”

更主要的是，这首词原来是杨慎所作长篇叙史之作《二十一史弹词》中第三段“说秦汉”中的一首词，本是通俗文学，是写给老百姓看的或听的，不见得是作者精心结构的传世之作。这首词由古及今，有个逐步唱响的过程。

弹词起源于宋元时期，到明朝嘉靖年间极为流行，这个《二十一史弹词》叙三代至元朝历史，每一段用《临江仙》《西江月》《清平乐》《定风波》等词调填写，可用作说唱的脚本。

《二十一史弹词》文笔畅达、语词流利，平易近人，广为传诵，属于文人拟作俗文学。后来还有不少学者及文人加以评注、改作或续作。

因为是俗文学，所以，杨慎未必是作为生平第一文章辞赋写的，重复杂沓的句子和词汇很多，词意大致相同，都是抒发人生豪迈、转头成空的感叹，以引领读者或听众进入历史语境中。比如：

> 沉吟屈指数英才，多少是非成败。(《西江月》)
> 万般回首化尘埃，只有青山不改。(《西江月》)
> 要知成败是和非，都在渔樵话里。(《西江月》)
> 谁弱谁强都罢手，伤情。打入渔樵话里听。(《南乡子》)
> 千古风流人物，一时多少英豪。(《西江月》)
> 白发渔樵诸事懒，萧散。闲谈今古论兴亡。(《定风波》)

作为唱词，重复是一种手法，容易让人记住。但是堆垛多了，就有雷同的感觉，这一首词混杂在一大堆词意句式差不多的词调里，也不见得非常耀眼。没想到，后来有人就是懂得老百姓的审美趣味和欣赏层次，把这首词单独拿出来，大力推广，就像唱歌一样，反复吟咏，就沁入心里，竟然觉得这首词好极了，确实可以与苏东坡《念奴娇》(大江东去)比肩媲美，有人甚至评为大明王朝文学第一，以此成就了泼天大名声。

其实，这首词的走红得力于流行文化的推广。关键性的提升有以下几个阶段。

首先，弹词原来就是民间文学体式，群众基础比较深厚。

后来，清代毛宗岗修订《三国演义》时，将这首词置顶，放在开卷处，其地位等于是三国历史乃至于中国历史的一个总结，这个待遇就高啦！而三国故事是家喻户晓的历史演义，对传播这首词起了重要作用。

其次是1994年版电视剧《三国演义》选用这首词做片头曲，每天耳濡目染，这首词的意境已经沉入了观众的心底，每当浑厚的男中音片头曲响起，观众就被带入历史的烟尘处，而歌唱家飙高音时又特别提气，人人觉得自己如关羽横刀、立马长江，不觉得日渐萎缩的后背挺直了几分。

还有一处重要传播据点，就是卡拉OK厅。这首歌曲，大多属于中年男子的保留曲目，点唱的歌者一般是比较有气度的男人，或者是低调的富者，或者是身材保养到位、司机在外面等候的仕进有望者，当然，也有跌宕起伏、奔波在致富路上的中年男子和一腔豪情没地方撒野、等着彩票开奖的货车司机。这首歌词，很适合同学聚会，成功者以此抒发指点江山的义气，“待成功者”以此感叹历史的诡秘：怎么今天聚会的得意人士都是当年班里的“寂寞者”？

点唱的人多了，岂能不红！

无论贫富贵贱，大家都去卡拉OK厅里唱“大江东去”，看上去有些庸俗和“不搭”，但回头一看，男欢女笑，其乐融融，那是多么令人怀念的岁月静好啊！

林佩环《赠外》：

修到人间才子妇，字字深情

大爷大妈，古典婚姻的最后守护者。

纳兰性德和胡适，都是包办婚姻的受益者。

“修到人间才子妇”是这首诗的诗眼，字字饱含深情。

爱君笔底有烟霞，自拔金钗付酒家。修到人间才子妇，不辞清瘦似梅花。

——林佩环《赠外》

网络上流行一幅春景图，树上“开”满了大妈，树下躺满了举着相机的大爷。估计这是年轻人的搞笑作品，没有多少恶意，但字里行间充满了调侃，让大爷大妈情何以堪啊！

大妈看到这图片不乐意了：孩子，等你到了我们的年龄，你就明白了，大妈当年一枝红杏守后院，辛苦操劳半辈子，现在孙子都上大学了，难道就不能让我回味一下青春？说到你大爷，当年也没让我少操心，难道不应该做一次奴仆，扶着我爬爬树，对着我拍拍照，哄着我开开心？折断了树枝，俺赔！

这真是一种值得羡慕的生活状态，老夫老妻，日久生情，驴毛顺着捋，甘蔗倒着吃，一代人有一代人的活法。

我一直为现代婚恋模式和女性平等之权益呼喊，今天，我想为传统的婚姻说几句好话，说一说曾经“合理存在”的包办婚姻。

古代婚姻，大多是凭媒妁之言，由父母包办，有的夫妻婚前都没有见过面，何来恋爱之说？所以有一句话叫作先结婚，后恋爱。当代年轻人信奉的是，没有爱情的婚姻是不道德的婚姻，但天下事不可一概而论，古代中国，也有不少包办婚姻修成正果，从纳兰性德到胡适，都是包办婚姻的受益者，如果他们选择的是自由恋爱，他们自己找来的恋人也未必就胜过父母指定的对象。

当代社会，男女关系更多地受到物质主义思潮的侵蚀，纠缠于婚姻双方的门当户对，物质财富的高下匹配，计较男女之间何者为 dominant player（主导者），为爱情而做出让步和牺牲被视为可笑的举动，大家都成了“明白人”——莫斯科不相信眼泪，谁动感情谁受伤，婚前协议是保障，分手以后，咱们就是陌路人。

因此，当我们读到清朝女子林佩环（林颀）的《赠外》诗时，突然被感动了，原来，落后的清朝，积贫积弱的清朝，包办婚姻为主的清朝，还有“蓝田日暖玉生烟”这样的婚姻，还有“沧海月明珠有泪”这样的感情，而且这是从当事人内心流出的诗语。

林佩环的老公张船山（张问陶，1764—1814）是诗坛、画坛、书坛的大咖，他给妻子画了一幅肖像，妻子在画上题了这首诗。诗写得晓畅明白，说自己爱慕夫君如烟霞般优美的书画文笔，虽然家境贫穷，窘迫到要拔下自己头上的金钗为夫君换酒，但这辈子能成为一个才子的妻子，即使清瘦如梅花，也是我修来的福分。

朱自清先生曾慨叹：“中国缺少情诗，有的只是‘忆内’‘寄内’或曲喻隐指之作，坦率的告白恋爱者绝少，为爱情而歌咏爱情的更是没有。”(《中国新文学大系·诗集》导言）本文还要加上一句：女子独立写作的爱情诗就更少了。

林佩环诗这首诗句句有嚼头，让我们从头说起。

爱君笔底有烟霞。

“幸福的家庭都是相似的”（列夫·托尔斯泰《安娜·卡列尼娜》），

太太无限信赖丈夫，相信文人丈夫是天下少有的才子，之所以认可度还不高，是因为缺少经纪人，缺少伯乐。林佩环相信她的老公张船山胸有珠玑，笔带烟霞，是当时大咖中的大咖。

张林佩环女士没有看走眼。

张问陶的画以写意为主，构图以虚求实，但神完意足。“烟霞”二字，是船山笔下景致，也是船山志趣的象征：笔下有烟波浩渺之景，胸中有超凡脱俗之气。林佩环开头就来这么一句，也可以看出她的见识、她的倾心。

自拔金钗付酒家。

张问陶出身清流，但并非大富大贵人家，乾隆五十一年（1786）五月，原配周夫人病逝涪州，不久小女亦夭折，这时，船山家境十分困顿，竟到了衣食不周的地步，林佩环就是这个时候嫁给他的。后来，张问陶也出仕为官，但仕途和家庭依然是经营无方：“有用年华拚弃掷，无聊家计费经营。”（《戊午二月九日出栈宝鸡县题壁·其二》）“天与无根蒂，人谁足稻粱。”（《新堤舟夜》）“竟遭长官骂，应坐太颓唐。”（《十九日驴背作》）

林佩环在花季年华嫁给了困顿的张问陶，应当是对艰苦生活有心理准备的，好在林佩环家庭比较富有，出嫁时可能带过来一些压箱底的老货，生活困难时就通过变现来维持家庭生计。

这句诗有来历，出自元稹《遣悲怀三首》之一。元稹的诗是为悼念亡妻所作，追忆困境中曾有的相濡以沫，并抒写自己的抱憾之情，其中有两句是这么写的：“顾我无衣搜荩箧，泥他沽酒拔金钗。”意思是：看到我缺衣少衫，她就翻箱倒柜去找；我当年也是不省心的货，家中没钱，我那时还死乞活赖地缠着（“泥”）她买酒，她就拔下头上金钗去换钱买酒。

林佩环“自拔金钗付酒家”这个举动虽然受到元稹妻的启发，但林佩环“境界”更高，林佩环是“自拔”，不需要丈夫“泥他（她）”才拔下金钗换酒。林佩环爱着老公，宠着老公，由着老公，一见老公举着画笔，对着空酒坛两眼放光，就主动拔下头上的金钗，换得夫君诗酒得意半日狂。“自拔”二字是妻子下意识的“护夫”举动，甚至有母性的宠爱，也有崇拜者的贡献，无须像现代的热恋者那样呼喊“把命给你”，但她内心的炽热不亚于这些女子，有妻如此，夫复何求！夫复何求！

修到人间才子妇。

这首诗语言晓畅，情感诚挚，初看通俗简易，但仔细体会，你会发现，情分已经渗透到字里行间，每一个字都是杜鹃啼血的深情凝聚。这一句诗，我们要一字一字掰开细解。

“妇”，是这句诗的中心词，给自己造型、亮相，性别意识清楚，身份年龄也明确，既非少女，亦不求 neutral beauty（中性美），我就是郎君之妻，一家之主，才子之妇，单性别，独一份，这个身份，我受了，我傲骄！用“妇”这个词定位自己，也包含了那个年代已婚妇女自守规矩，不再有任何招摇的道德自律，切合大家主妇的身份地位，很多内在含义和好处，读者自可体味。

“才子妇”，才子自然指的是郎君，但也是对自己追求的定位，不求达官贵人，不求诰命夫人，心甘情愿追随一个才子。才子大多志大才疏，大多浪漫随性，大多不事生计，一个女子，富贵人家的女子，选择才子是要勇气的。这种选择和坚持应当来自对才子歆慕的初心，她眼里的郎君，并非豪华版，但一卷在手，茅舍竹篱都散发着纯粹的书香，而古典佳人，爱的就是这一抹书香。

想到 2022 年热播的《人世间》，周家宝贝女儿周楠因为爱上远方的才子诗人，在十九岁时，不管不顾，只身追随这个诗人下放到贵州，或叫作天涯，这是一种什么样的精神？这是一种今天许多青年无法理解的古典主义精神，是为爱、为诗赴汤蹈火的精神，这是一代文青的最高献礼。我们今天的小青年可以捧着爆米花，在情侣影院里回味爱的奉献而热泪盈眶，但走出影院，考虑的还是对方是否有房、有车、有户口，我该是欣喜你们的成熟，还是感叹你们的某种缺失呢？

“人间才子妇”，加了“人间”二字，增加了许多的分量。真正爱的承诺，既要有浪漫，也应当接纳现实，爱情可以邂逅，可以随机，可以任性，但婚姻必须有准备，必须从天上落到人间，“人间才子妇”，是一种 commitment（担当）。“人间”二字，充满饱满而现实的美好，也带上了莫名其妙的伤感：人间，有香车宝马，有柴米油盐，也有悲欢离合，确认了人间生活之美好，也要接受人间生活的种种不如意。每天的烟熏火燎会憔悴了我的容颜，柴米油盐会揉皱了我的浅笑，但因为有你，我爱这人世间。“人间”与“世间”词意相同，可以互换，这两个字在古诗词里充满了抒情意味，从元好问“问世间，情是何物”，到纳兰性德“我是人间惆怅客”，“人世间”积淀了深幽的情愫，到 1908 年，王国维还将他的词话著作命名为《人间词话》。

“修到人间才子妇”，最动人的还是“修到”二字，这两个字表达了祈求、珍惜。李白好酒，但好歹是用自己的五花马、千金裘换来的，但眼前这个老公，贫穷到要自己用首饰给他换酒，就这样，女子还要说，这个老公是修来的、求来的。“修”字也切合林佩环写诗时的心意，因为，她老公是个才子，而“才子”不是谁都可以做的，更不是谁都可以嫁的。她非常满足于这段姻缘，以“修”字来说明自己求之切。“到”字不起眼，但包含了等待、盼望的过程，修了一辈子，期待了三生三世，才换来了这个圆满的“到”字。

读这一句诗，想到席慕蓉《一棵开花的树》：

> 我已在佛前求了五百年
> 求佛让我们结一段尘缘
> 佛于是把我化作一棵树
> 长在你必经的路旁
> 阳光下
> 慎重地开满了花
> 朵朵都是我前世的盼望

虽然林佩环不认识席慕蓉，但接下来这一句好像她们曾经在一起切磋过，都愿意化作带着前世愿望的花朵：

> 不辞清瘦似梅花。

婚姻的可贵在于经得起岁月淘洗，过得了贫寒日子。嫁了文人，贫穷可能是一辈子的问题，若你认定嫁的是潜力股，相信你能“旺夫”，你一定会失望，因为，之所以叫文人，因为有烟霞之志，也就是死犟，视富贵为尘土，这样的人，要“后富”起来也难。林佩环嫁给了张问陶，辛苦操持这样的家庭，还要陪老公读书作画，面不一定黄，但人一定是瘦的，如果要在老公面前“作”一下，摆个造型，只有“帘卷西风，人比比黄花瘦”差可比拟，这就有了“不辞清瘦似梅花”这一句。

“两人的家，一间并不大的屋，钱为你省着花，不多也不觉得苦，陪你留也陪你走，陪你笑也陪你哭。”（黄旭《你不在》歌词）男女之情，本是世间最美好的感情，为之而憧憬，为之而伤心，为之而终身相守，甚至为之付出生命，如果夫妻之间没有婚前协议，没有提防之心，愿意献出，愿意被骗，又何尝不是美好的婚姻呢？

这首诗的赏析，歌颂了妻子甘愿为丈夫做出牺牲的精神，那么为什么一定要女子做牺牲呢？为什么不让张船山下厨房搞内政呢？您要这么问我，这就是难为我了，我无言以对。

现代女子，生在好时代，不管你是小鸟依人，还是“大鹏展翅”，你有选择的权力，但也要容许别的女性按照她们喜欢的方式存在。况且，这是清朝年间的女子，你就容了她吧。

历史是在螺旋式上升发展，我们强烈谴责一切对待女性的暴力和霸凌行为，也为女性逐步获得的平等权利而欣喜，同时应注意到有男性受到冷暴力的现象出现（热暴力很少）。其实，这种性别权利的相对平等很难有精确的度量衡来平衡，可以参考的一种选择来自我们的传统：天作之合，洞房花烛，相亲相爱，甘愿付出。

谨以此文献给一代人曾经有过的那些糊涂而饱满的婚姻！

杂谈篇

时装与人格：

说诗词中的“香草美人”传统

屈原喜爱奇装异服，以此表达对芳香和明亮的追求。

古代男人一样可以戴花，一样可以以花自喻。

屈原建立的“香草美人”传统，在后世得到了进一步的发扬光大。

最近见到一位有创意的女性时装模特儿，用蔬菜做时装，以天地为T台，走在乡间的田野上，绿绿地招摇着。走着走着，天地就绿了，走着走着，城乡就环保了。将时装、环保和有机生活融合到一起，确实是有创意的设计。

但要说创意，其实，我国古代诗人早就有这样的构思了，而且出自名牌大诗人屈原。屈原采摘大自然中的奇花异草装点自己，通过新潮的手工服饰，表达内心的人格追求。屈原在《离骚》中曾留下过自画像（或者是想象中的自画像）：

> 制芰荷以为衣兮，集芙蓉以为裳。……高余冠之岌岌兮，长余佩之陆离。芳与泽其杂糅兮，唯昭质其犹未亏。

以上的描写，因为时代久远，一些专有的植物名词解释起来颇费周折，我就说个大意：屈原我天生喜爱奇装异服，荷叶作衣兮芙蓉为裳，高高的帽子呀长长的配饰，材质高档无亏损，以此表达我对芳香和明亮（昭质）的追求。

据统计，《离骚》中一共出现了十多种香草，包括江蓠、白芷、秋兰、木根、薜荔、芰荷、申椒、芙蓉、石兰、杜衡等。屈原是“唯美主义者”，但他的“唯美”更多是思想境界和人格追求上的比喻。屈原开创的这种诗赋抒情潮流，叫作“香草美人”，也就是以香草美女自喻，体现人格之美，以及对君王、对事业的忠诚，如汉代王逸的《楚辞章句》序言中写到的：“《离骚》之文，依《诗》取兴，引类譬喻。故善鸟香草，以配忠贞。”

我们常常以当代的审美观来看待古人，有时候想到屈原头上、肩上、腰上扎着花花草草，会觉得“膈应”。其实，以花作为女性专用的比喻，男性给女子送花表达爱慕，是比较现代的潮流了。在古代，男人一样可以戴花，一样可以以花自喻，女子也可以给男子送花以表达“唔中意你（我喜欢你）”。

《诗经·邶风·静女》就记载了女子自牧场归来，给男子送上一束路边的野花野草，以此示爱：

自牧归荑，洵美且异。匪女之为美，美人之贻。

晚唐词人皇甫松写过一首《采莲子》，写乡下荷塘里的野女孩给路过的少年抛送莲花、莲蓬，以谐音表达“怜子”之意（爱你这位城里来的小先生）：

船动湖光滟滟秋，贪看年少信船流。无端隔水抛莲子，遥被人知半日羞。

后代女孩子绣荷包送给男子也是古代送花风俗的存留。

古典诗词中，男子多以人淡如菊、洁净如莲表达自己的审美爱好。如唐代杜牧的《九日齐山登高》诗云：

尘世难逢开口笑，菊花须插满头归。

可见，当时的男人是可以“菊花插满头”的，绝不是搞笑，而是对美的追求。

唐代进士及第后有隆重的庆典，选同榜进士中年轻英俊二人为探花使，可以随便进入长安名园，沿途采摘鲜花，然后聚餐赋诗。这也是用鲜花比喻英俊少年男士。

几十年前，在给劳动模范授奖的时候，有“戴大红花”这一仪式。这些模范中，男子很多，虽然是佩在胸前，那也是男子戴花呀。

直到今天，太平洋岛屿的原住民还有头上戴花迎接客人的习惯。

屈原建立的“香草美人”传统，在后世得到了进一步的发扬光大，尤其被普遍地运用在讲究比兴的作品中，比如宋代辛弃疾的《摸鱼儿》（更能消、几番风雨）就是一篇以香草美人自喻的作品：

> 更能消、几番风雨，匆匆春又归去。惜春长怕花开早，何况落红无数。春且住，见说道、天涯芳草无归路。怨春不语。算只有殷勤，画檐蛛网，尽日惹飞絮。　　长门事，准拟佳期又误。蛾眉曾有人妒。千金纵买相如赋，脉脉此情谁诉？君莫舞，君不见、玉环飞燕皆尘土？闲愁最苦！休去倚危栏，斜阳正在、烟柳断肠处。

辛弃疾这样的“钢铁直男”也自喻为备受摧残的春花和长门冷落的美女，可见，这种比兴手法已经深入文人心底。

人神之恋说诗赋

古代有神女或仙女，自愿为穷人和弱者来献身，而且，从来不问男方的年薪和房产。

遗憾的是，很少有乡村丑女被神仙男子面对面认真打量以后，毅然决然带回去做夫人的故事。

最大的缺陷是，某些神女迎合了封建统治阶级的荒唐要求，做了一些有失身份、不像个好仙女的行为。

古代的诗词歌赋中有不少作品涉及人神恋这个主题，最著名的故事见旧题宋玉所撰的《高唐赋》《神女赋》，在诗词中，“高唐”“神女”已成为使用频率最高的典故之一，词牌《巫山一段云》便是由此化出。为此，李商隐有诗感叹道：“一自《高唐》赋成后，楚天云雨尽堪疑！”（《有感》）

魏晋六朝以后，人神恋的故事越来越多，既有文人士大夫喜爱的女神，也有民间老百姓钟意的仙女，如曹植笔下的洛神、刘晨和阮肇在天台桃源遇到的两位仙女，唐代快递小哥柳毅因为工作尽职获得美满姻缘（见《柳毅传》），还有杭州西湖边上为爱死去活来、闹个不停的蛇女，民间后生津津乐道的七仙女、田螺姑娘等。

到《聊斋志异》，出现了一批有文化的狐仙鬼女，她们专门找落魄书生约会。虽然，与狐鬼约会不是在破庙就是在坟场，但与神女一样，这些并不吓人的女鬼都是精灵可爱的女子，无非女子身份背景更加底层，更加“嬉皮”。

如果仔细分析就会发现，这些神女或仙女或狐女大多富有牺牲精神、泛爱品质，喜欢照顾弱势群体，她们从来不看地位，不讲门第，专挑那些穷人和弱者来献身，比如砍柴的，放牛的，忙着种地没人烧饭的，被可恶的嫂嫂、哥哥扫地出门的草根男人们。

狐仙女鬼比较喜欢有文化的书生，这也只是发生在书生没有发迹的时候。总之，这些神女，不但美貌、通人情、浪漫（有的还会读诗吟词），而且专挑穷小子谈恋爱，也不涉及任何金钱与地位的讨论，从来不问男方的年薪和房产，这就使得还没有发达的男子完全放松，不再自卑。而且，在穷小子想“躺平”的时候，神女仙女还会鼓励他努力读书赶考，为自己找出路，为社会作贡献。等到你成功了，发达了，比如被招为驸马了，或入赘豪门了，她就不再来见你，让你想念，让你有写诗的感觉，但不给你添麻烦。

当然，人神恋的故事设计也不是没有一些遗憾，比如说，基本上没有一个市井灰姑娘被一个可爱的男神娶走的故事，也很少有乡村丑女被神仙男子面对面认真打量以后，毅然决然带回去做夫人的情节。看来，只看品德不看女子相貌的男神很少。

人神恋故事还有一个缺陷，就是某些神女迎合了封建统治阶级的荒唐要求，做了一些有失身份、不像个好仙女的行为，缺乏神女的清纯和骨气。比如高唐云雨这样的故事，封建王侯对神女召之即来，挥之即去，约会以后，女方自动离开，来无影去无踪，男方无须负责任，根本没有封她为贵妃、给她家里亲属安排郎中刺史这样的后遗症要求，女方也不会去“路边社”爆料，更不会上法庭争夺财产。

古代诗人还是含蓄有分寸的，大部分诗词用高唐神女典故，多是表现那种因佳人若即若离、可望而不可即而带来的惆怅之感，并非“少儿不宜”的作品。若看开一点，看淡一点，宋玉之赋，叙神话故事，以自然意象比喻男女之事，化俗为雅，也说不上有多么不堪。但后代还是有不少文人君子如鲠在喉，不吐不快，如唐代刘禹锡就怀疑故事的合理性，他写的《巫山神女庙》云：“何事神仙九天上，人间来就楚襄王。”还有就是唐代元稹，他自己很前卫，但骂起宋玉义正词严，他在《楚歌十首》其四中发声批判楚王和宋玉：“襄王忽妖梦，宋玉复淫辞。”北宋吴简言《题巫山神女庙》更是怒形于色：“惆怅巫娥事不平，当时一梦是虚成。只因宋玉闲唇吻，流尽巴江洗不清。”

总体上看，人神恋是一种温情美丽的想象，假借神话表达来自人类心灵深处对自由和激情的向往，达到对现实的超越，是一种对精神世界的慰藉，对社会安定有好处。

人神恋的出现有它产生的文化基础。古代巫术发达，巫术的主要功能就是人与神的沟通，如屈原《九歌》就是巫术祭歌，《九歌》的基本情节是“人神之恋”，往往以人神交接的成功来象征祭祀的成功，而人神沟通的艰难，又与现实中的君臣不遇这样真实境况类似。因此，《九歌》表现的悲剧色彩，既是人神沟通失败后长太息之回声，也是对现实困境的悲苦唱叹。

《聊斋志异》批量生产人神恋的故事，已经与巫术功能不搭界了，蒲松龄编写人鬼情未了的剧情，更多是为了慰藉贫穷落魄的书生，具有较强的人文精神。

近现代描写人神恋的戏剧电影，如《柳毅传书》《白蛇传》《追鱼》等，就更加具有与时俱进的正能量，减少了封建迷信和阴森森的场景，开始表达神灵对人间生活的羡慕和追求，更加具有积极意义。

从汉乐府《江南》到《荷塘月色》：

荷花意象的升华与堕落

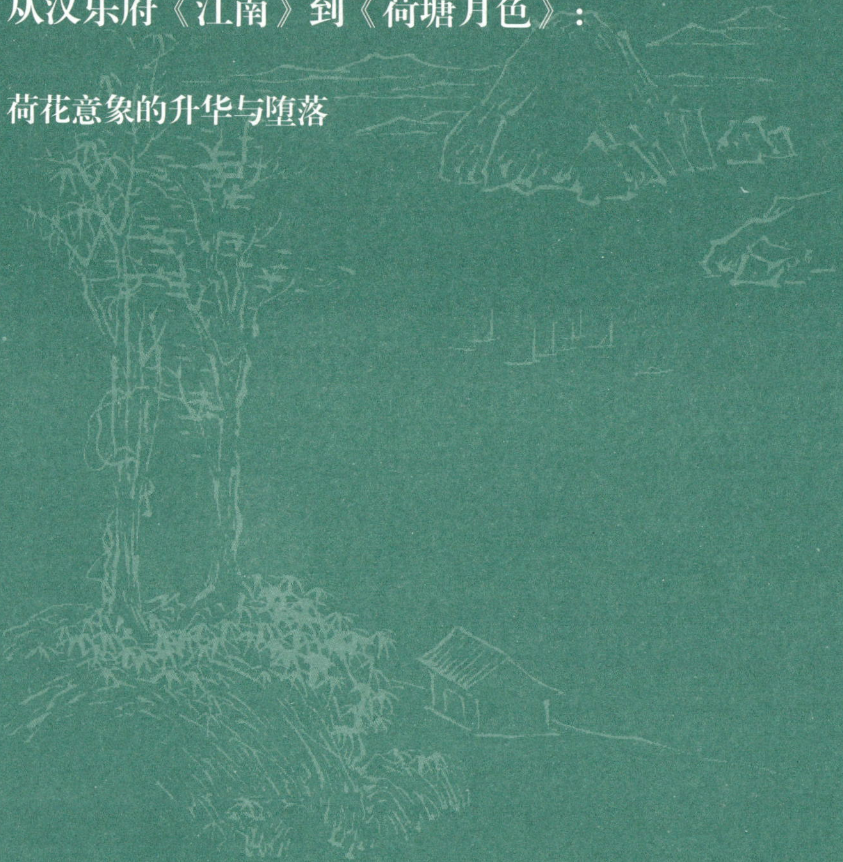

荷叶、荷花的色彩走的是普罗大众的路线，大红大绿，是年画的颜色、喜庆的颜色。

如果一定要给这首诗的写作模式找个先祖认个亲，那么，《诗经》中还真有那么一首，可以认个远亲。

如此说来，《荷塘月色》的某些片段已经不是少儿不宜的事了，已接近“诲淫诲盗”。

在没有钟表、没有手机的年代，怎么预报季节的更替呢？

皇家有司天监、钦天监之类的机构，通过观察天象、更新黄历来提供季节变更的时间点，专业设施有灵台，或叫清台、神台，也就是观象台，通过观察日出的时间和方位就可以定节气。根据气象学专家研究，我国山西襄汾县陶寺遗址的古观象台比著名的英国巨石阵观象台还要早五百多年。

对于普通百姓，除了利用二十四节气歌这样的顺口溜知识，大部分人根据物候的变化来判断季节的更替，常用的方法是依据花季来判断节序，如“三月里来桃花开，八月里来桂花开”。那么六月里呢？六月的当家花旦就是荷花（莲花）。江南的六月，荷叶、荷花开得那么嚣张，“接天莲叶无穷碧，映日荷花别样红”（杨万里《晓出净慈寺送林子方》），就怕别人不知道似的！

荷花对生长环境的要求很大众，沟塘渠汊，只要有水的地方都能生长。荷叶、荷花的色彩走的也是普罗大众的路线，大红大绿，是年画的颜色、喜庆的颜色，一点都不抽象，是老百姓可以欣赏的颜色，如并蒂芙蓉、鲤鱼荷花都是民间年画常见的题材。

荷花之美有一个被发现的过程。

《诗经》《楚辞》已经写到荷花，如《诗经·郑风》“隰有荷华”、《诗经·陈风》“彼泽之陂，有蒲与荷”，屈原《离骚》还有“制芰荷以为衣兮，集芙蓉以为裳”这种很有个性的花卉时装的描写，但此时荷花还不是独立的描写对象，是作为陪衬性、背景性形象出现的。

魏晋以前，荷花还没有像梅、兰、竹、菊那样成为文人钟爱的对象，虽然也有一些描写荷花的诗句，但比例不大，特别是名作不多，倒是有一首汉乐府《江南》，写得很有意思，很好地佐证了我们的观点。唐宋以前，荷花就是普罗大众的花。这首汉乐府《江南》是无名氏之作，用的也是劳动者的审美口吻：

江南可采莲，莲叶何田田，鱼戏莲叶间。鱼戏莲叶东。鱼戏莲叶西。鱼戏莲叶南。鱼戏莲叶北。

开头三句勾勒出一幅生动的江南荷塘景致。后四句以东、西、南、北并列，用重复的句式，表现了荷塘丰满健康的美，也可以想见鱼在莲茎间穿梭往来的轻灵样子，传达出采莲人欢快的心情。诗中没有一字直接写人，但是通过对莲叶和鱼戏的描绘，却使读者如闻其声，如见其人，如临其境，感受到幽幽清气、勃勃生机，领略到采莲人内心的愉悦。

这首《江南》使用了简单的重复句式，这也是日常劳作中经常使用的歌咏方式，它既能抒情达意，也不影响劳动，有时候还起到协调劳动节奏的作用。同时，利用重复的手法还很“天真”地表现了荷叶之茂盛。东南西北到处都是田田的荷叶，鱼儿在绿叶下嬉戏，忽而东，忽而西。读这首诗，可懂得庄子在进入“我非鱼而知鱼之乐”的状态时对鱼儿、对自己“游戏到底”的欣赏。这种简单的重复是民间艺术常用的手法，比如民间剪纸，就喜欢利用重复、复制的手法来制作作品，常见的连环“喜”字窗花就是个例子。

如果一定要给这首诗的写作模式找个先祖认个亲，那么，《诗经》中还真有那么一首，可以认个远亲：

镐京辟雍，自西自东，自南自北，无思不服。皇王烝哉。（《诗经·大雅·文王有声》）

当然，这两首诗的风格气度是完全不一样的，《诗经》这一首，认真而笨拙地记录着方位，以语言来传达无远弗届的王侯威风，而《江南》描写的是劳动时感受到的片刻的风荷愉悦，是一种农民式简单而欢快的表达。

汉以后，佛教进入中国，形成了本土化的佛教，并成为中国文化不可分割的一部分。莲花在佛教中是清净、圣洁、吉祥的象征，因此逐步受到文人的注意和喜爱。

南北朝时期南方地区民歌《西洲曲》流行，文人也有不少采风写生之作，歌咏女娃采莲。唐代王昌龄的《采莲曲》就是这种题材的代表作：

荷叶罗裙一色裁，芙蓉向脸两边开。乱入池中看不见，闻歌始觉有人来。

荷花之美，到宋代有了一个大发现，最著名的是周敦颐《爱莲说》：

予独爱莲之出淤泥而不染，濯清涟而不妖，中通外直，不蔓不枝，香远益清，亭亭净植，可远观而不可亵玩焉。

这篇赋确立了莲花品性高洁的形象，从此莲被誉为“花中君子”，莲花（荷花）意象得到了极大的升华。

现当代文学中有朱自清的散文名篇《荷塘月色》。朱自清不写“映日荷花别样红”的胜景，却写月光下的荷塘，写出另一种意境，文辞清浅优美，常见的评析认为，此文“含蓄而又委婉地抒发了作者想超脱现实而又不能的复杂的思想感情，为后人留下了旧中国正直知识分子在苦难中徘徊前进的足迹”。

但也有不少诗人、作家、评论家对朱自清这篇散文持批评态度，叶圣陶曾批评过《荷塘月色》写得不自然；余光中认为文章的艺术性不高，比喻用得不伦不类，他还认为，文章含有“性压抑”倾向；莫言认为这篇文章带着“病态的唯美”。因为入选中学语文课本，有一些家长也心存忧虑：这篇文章把夜色下的荷花比作出浴的美女，会不会诱发不健康思想的传播？孩子正是长身体的时候啊！

本文不打算全面讨论《荷塘月色》的思想与艺术之高下，但在此提出这篇散文的一个“硬伤”供商讨和思考。

《荷塘月色》中有一段，可能闻一多没有看见，或没有注意，或者“忍”了，否则，闻一多的批评会更厉害，有可能两位大师要打架。为什么呢？我们先看一下《荷塘月色》中的原文：

> 忽然想起采莲的事情来了。采莲是江南的旧俗，似乎很早就有，而六朝时为盛；从诗歌里可以约略知道。采莲的是少年的女子，她们是荡着小船，唱着艳歌去的。采莲人不用说很多，还有看采莲的人。那是一个热闹的季节，也是一个风流的季节。梁元帝《采莲赋》里说得好：
>
> 于是妖童媛女，荡舟心许；鷁首徐回，兼传羽杯；棹将移而藻挂，船欲动而萍开。尔其纤腰束素，迁延顾步；夏始春余，叶嫩花初，恐沾裳而浅笑，畏倾船而敛裾。
>
> 可见当时嬉游的光景了。这真是有趣的事，可惜我们现

在早已无福消受了。[1]

在六朝流行的采莲题材诗赋中，其实有一种不健康的堕落趣味，特别是梁元帝《采莲赋》中提到的那种场面："妖童媛女，荡舟心许。……尔其纤腰束素，迁延顾步；夏始春余，叶嫩花初，恐沾裳而浅笑，畏倾船而敛裾。"因为采莲的不仅是女子，也有男性"妖童"（一作"妖僮"，美少年，多指男色），即使是女子，也属于不到"二八"的少女，戏弄这些少男少女，是封建统治阶级的荒淫生活方式的典型代表，闻一多曾经撰专文批判：

> 堕落是没有止境的。从一种变态到另一种变态往往是个极短的距离，所以现在像简文帝《娈童》，吴均《咏少年》，刘孝绰《咏小儿采莲》，刘遵《繁华应令》，以及陆厥《中山王孺子妾歌》一类作品，也不足令人惊奇了。（闻一多《宫体诗的自赎》）

如此说来，《荷塘月色》的某些片段不是"少儿不宜"的事了，已接近"诲淫诲盗"。更可叹的是，朱自清先生还在文章中对这种生活方式表达了艳羡之情："可惜我们现在早已无福消受了。"

我想，朱自清所处的时代，是新旧交替的时代，对儿童保护的意识，不可能达到今天的认识水平。但是，如果继续选用这篇文章，这一句还是删了吧，或者，引入分级教学指引，以培养青少年健康文明的审美意识。

---

[1] 在被选入课文时，这一段通常会被删去。

探春、迎春、赏春、留春：

寻找诗意春天的历程

“春”在汉语中是个天然自带正能量的词。

即使是伤怀意绪，加了个“春”字，立马淡化了负面的含意。

春天还让人忒大胆。

在唐诗宋词中，“春”不仅仅是个季节，它还代表了诸多美好的场景和记忆，具有丰富的内涵。

春是有颜色的：红春，碧春，青春，浓春，浅春；春是有气味的：芳春，甜春；春是有温度的：寒春，暖春，阳春；春有声音的，所以有“春莺啭”这样的词牌。连好吃的食物，也有不少以“春”作为招牌，就是让你记住春天的味道：春饼，春卷，春笋，春醪，春盘，春麦。特别是酒，唐人就很喜欢以“春”为酒命名，《唐国史补·卷下》：“酒有郢之富水春，乌程之若下春，荥阳之土窟春，富平之石冻春，剑南之烧春。”

感情方面，与“春”字关联的也大多是美好的留存与记忆：“春情”是富于冲动、净往好处想的情思；“春心”，是跟随自然节律而兴起的那点小心思；“怀春”，是有文化有素质的男女才有的“意识流”。汉语词汇中，更有“满面春风”“满园春色”“春风化雨”“如沐春风”，描述的都是令人欢喜不尽、蠢蠢欲动的好感觉。

即使是伤怀意绪，加了个“春”字，立马淡化了负面的含意，如“春愁”“春恨”，这种愁和恨，不是咬牙切齿，而是骂对方“冤家”“死鬼”的口吻，都是软绵绵的恨，都是“美得你”式的不答应。如：

> 一片春愁待酒浇。江上舟摇，楼上帘招。秋娘渡与泰娘桥，风又飘飘，雨又萧萧。（蒋捷《一剪梅·舟过吴江》）

哪里见到愁啊，只有美啊。

所以说，“春”在汉语中是个天然自带正能量的词。

古典的男女之爱也少不了“春”的陪伴，《诗经》中就有“有女怀春”的诗句。怀春，相当于少年维特之烦恼。“盈盈秋水，淡淡春山”是写女子美丽的眼睛和眉毛，甚至提高情感浓度的酒也叫春酒。

春天给予人热爱生活的启发，春天还让人忒大胆，甚至做出平时不敢做的决定，王昌龄《闺怨》诗云：

闺中少妇不知愁，春日凝妆上翠楼。忽见陌头杨柳色，悔教夫婿觅封侯。

虽然是代言，诗中情感也是来源于生活的，写的是小妇人太年轻，不知道考公务员的难度，因此见到春色无边，她已经爬上了桃树柳树，挥起了披肩，才想起来没人在身边帮她拍照，一下子泄了气。这股气，才下眉头，又上心头，立马就鼓励在外公干的夫婿写辞职信：世界很大，春天很美，人生很短，我想和我的 soul mate（灵魂伴侣）去波斯尼亚看看。

请想一下，如果是在严寒的冬天，听着外面寒风揭瓦的呼呼声，再品一品眼下的生活，屋子虽然小，一家人围着热气腾腾的火锅，特有幸福感。在这样的时候，作为一家的顶梁柱、孩子的衣食父母，你还敢像在春天里那样让丈夫写辞职信吗？

从唐、五代到两宋，绵延六七百年，其间中国经历了一次小冰河期，古代的御寒条件不如今天，严冬是一个艰难的时段，寒冷是刻骨的记忆，因此，半夜盼天明、寒冬腊月盼阳春是真实的心态。唐代诗人孟郊《寒地百姓吟》云：

无火炙地眠，半夜皆立号。冷箭何处来，棘针风骚骚。霜吹破四壁，苦痛不可逃。……寒者愿为蛾，烧死彼华膏。

这幅画面实在是触目惊心，穷人半夜冻得爬起来站着哀号，冷风像针尖似的扎人。在极度寒冷中，穷人羡慕那个飞蛾，因为飞蛾就是死也是绕着灯烛飞的时候暖和死的。

在唐宋诗人的心里，春已经不仅仅是一个美好的季节，还承载了诸多美好的记忆和祝福，春天代表着天道的美好轮回，因为人间有春天，所以值得等待。盼春已经不仅仅是盼望一个季节的来临，而是盼望一种春暖花开的美好生活，所以唐宋文学有一个母题：探春、迎春、赏春、留春，甚至发愿要追随春日到天涯。《红楼梦》干脆将贾府小姐命名为元春、迎春、探春、惜春，既暗喻了“原应叹息”的贾府小姐的命运，也概括了古代文人对春天的留恋。

因为爱春、盼春，诗人写下了很多寻找春天，发现春意的辞章。

冬日里，雪花飞舞，梅花开放，虽然是天寒地冻，但敏感的诗人知道，春天不远了。宋代白玉蟾《立春》云：“东风吹散梅梢雪，一夜挽回天下春。从此阳春应有脚，百花富贵草精神。”宋代张轼《立春偶成》：“律回岁晚冰霜少，春到人间草木知。便觉眼前生意满，东风吹水绿参差。”元代王冕《立春日》云：“草木一时生意动，关河万里冻云开。”

这都是在冬天里盼望春天的诗心写意。

季节有一种巡回往复的内在规律，当人类骄傲地站起来的时候，自然界的动物依然贴近大地，保留着与大自然的亲近，因此，它们对春之来临可能是最先感知的，诗人也追随着动物的感应而发现春的踪迹。白居易《南湖早春》：“翅低白雁飞仍重，舌涩黄鹂语未成。”诗人很深细地体会到鸟儿对早春物候的反应，早春时节，白雁低飞，因为还没有完全舒展的翅膀依旧负载着冬天的沉重；黄鹂舌涩，学语未成，一个“涩”字写出了黄鹂在练习与春天对话时舌尖“化冻”的过程。唐代刘方平《夜月》，通过虫声的细微变化来体会春气渐暖的变化光景：“更深月色半人家，北斗阑干南斗斜。今夜偏知春气暖，虫声新透绿窗纱。”苏东坡《题惠崇春江晓景》也有“竹外桃花三两枝，春江水暖鸭先知”的名句，写鸭子对春天的先感之明。

古典诗词里，还有一种寻春的模式，就是寻找若隐若现的春草的讯息，比如韩愈有《早春呈水部张十八员外》（一作《初春小雨》）诗：

> 天街小雨润如酥，草色遥看近却无。最是一年春好处，绝胜烟柳满皇都。

“草色遥看近却无”写春气刚刚萌动，春草刚刚发芽，走近了看，见不到草芽，只有远看，才能见到隐隐的青色，观察如此仔细，能体会诗人急切寻找春讯的迫切心情。

春天不仅是日常美好事物的代表，到后来，寻春还成了哲学化的理念追求。

最有名的一首寻春诗来自宋代一位没有姓名的“某尼”：

> 尽日寻春不见春，芒鞋踏遍陇头云。归来笑拈梅花嗅，春在枝头已十分。（罗大经《鹤林玉露》载某尼《悟道诗》）

以流行的“春词”写宗教追求与感悟，写突然发现的愉悦，寻找你，千万遍的追求，苦恼过，当我放下“寻找”，不再追求，反身观照，蓦然回首，却发现，原来春意就在枝头。此“尼”用寻春来表达宗教感悟，那是她的事，但至少开拓了一种“颂春”的模式。

我是那多愁多病身：

古典诗词中“病态美”的产生与演变

“别来无恙”的问候相当于特殊时期相见必查的健康码。

病态审美的发生。

苏珊·桑塔格解释道，一百多年来，欧洲文人对“结核病”持审美的态度，即患病者“意识上更敏感，心理上更复杂。健康反倒变得平庸，甚至粗俗了”。

人吃五谷杂粮，必有生老病死，病态与健康态一样，是与人类相伴相随的存在状态。古代文人对疾病的态度，经历了一个从讳医忌病到以“病态”为美，再由“病态”审美到追求健康态的过程。

现代人追求健康体态和阳光心态，这很好理解，但古典诗词中有种比较奇特的现象，就是对病态病容的接纳与某种程度的欣赏。这种现象是怎么产生的呢？我们得从头说起。

古代物质短缺，医疗条件十分有限，人类的生存条件不如现在，寿命短暂，也容易生病，古人见面就问：“别来无恙？”这种问候相当于特殊时期每见必查的健康码，表现出古人对身体健康的高度关注。西方人见面也是先问身体可好：“How are you？（身体怎么样？）”回答是：“I am fine.（还行，且活着。）”

如果再往上推，原始社会时期，人们吃了上顿，下一顿在哪里都不知道，最关切的不是健康态，而是哪里去找吃的。所以，有的地区保留了以“吃过了吗”做问候语的习惯，这也说明我们的礼仪文化起源很早，在吃了上顿没下顿的时候就开始问候对方。

后来，生活条件好了，关切与问候就随着时代和物质条件的变化而变化了：考秀才了吗？置田庄了吗？报补习班了吗？还房贷了吗？检查“三高”了吗？

因为古人抗病能力差，所以讳医忌病的心理比较突出，比如古人名字叫作“去病”“弃疾”的就比较多，如霍去病、辛弃疾等。古人甚至不愿意说到“疾病”这个词，生病不说生病，说是“不足之症”。民间还有另一种对抗方法，就是以毒攻毒，以“贱”抗病，故意用“铁蛋”“狗剩”这样的贱名来躲开病魔的注意。

当然，富人和穷人的追求与表达并不能完全重合，在普遍追求身体康健的同时，贵族王侯间也产生了赏玩女子病态美的风尚，比如“楚王好细腰，宫中多饿死”。富人的玩意儿一定是高档的，民间就跟着主流文化走。《庄子·天运》记载的“东施效颦”，说的是西施因心口疼而皱起眉头，“看上去很美”，民间劳动女子东施就跟着模仿，也捧着心口，皱着眉头。当然，任何时代都有追捧“白富美”、看不起穷人的风气，一样的捧心动作，民女东施模仿就被人笑话。

一开始，这些病态审美还是地区性的、阶段性的，还没有成为规则性的审美，梁启超在《中国韵文里头所表现的情感》一文中说：“以病态为美，起于南朝，适足以证明文学界的病态。唐宋以后的作家，都汲其流。”

从六朝开始，因为战乱频仍，百姓生活艰难，文人开始以喟叹老病为时髦，并形成了一个传统，就是以叹老伤病为文人资格证明，证明自己“有气质”，如所谓“沈腰潘鬓消磨”，一看就知道是个呕心沥血作诗、忧国忧民为君的有气质文人，因此落得一身病痛。“沈腰”这个词来自《梁书·沈约传》，沈约给朋友写信，说自己“百日数旬，革带常应移孔，以手握臂，率计月小半分”。小胳膊、小腰身，这模样，该怎么夸你呢！后来，古人以“沈腰”作为腰围瘦减的代称，但用在诗文里，一般都不是自嘲，而是自美。

从此，古典文人对病态主题开始了持久的关注乃至于偏爱，借疾病意象传达惆怅、苦闷等“很有文化”的情绪，如杜甫“万里悲秋常作客，百年多病独登台”（杜甫《登高》）；寇准“书惟看药录，客只待医僧”（寇准《病中书》）；宋代王琮“僧曾带雨来看脉，仆为伤风懒上楼”

（王琮《京华病中》）；陆游“病骨支离纱帽宽，孤臣万里客江干”（陆游《病起书怀》）等，都是借病体消瘦的形象，抒发漂泊沉沦、怀才不遇、无力报国的苦痛焦灼。

流风所及，男性文人的这种病态也传染了女性，开启了美女捎带病态而愈增其妍的审美态度。

《红楼梦》第三回写黛玉初到荣国府：

众人见黛玉年貌虽小，其举止言谈不俗，身体面庞虽怯弱不胜，却有一段自然的风流态度，便知她有不足之症。

所谓“不足之症”，本来是中医用来形容身体弱、素质差的病理术语，但在这里，却和审美理想之“风流”联系在了一起。

接下来，写到宝黛初会，书中有一段文字描写宝玉眼中的黛玉：

两弯似蹙非蹙罥烟眉，一双似喜非喜含情目。态生两靥之愁，娇袭一身之病。泪光点点，娇喘微微。闲静时如姣花照水，行动处似弱柳扶风。心较比干多一窍，病如西子胜三分。

可见，女子和文人的忧郁与柔弱气质被赋予了特别的文化意味，形成一种奇特的“病态”审美观或者说“病态”审美情结。

“病美人”“病文人”的偏好一直延续到近代文学，如郁达夫在《迟桂花》《沉沦》《迷羊》《空虚》《蜃楼》等作品中对于患病者形象的描写均流露出一种对病态之美的欣赏怜惜之情。

其实，这种文学现象和审美潮流不仅仅出现在中国，也同样出现在欧洲，如十八世纪的偏头疼就是欧洲贵族夫人圈里的标配。如果说自己虎背熊腰，体健如牛，好像就不配做文人，不配做贵族。苏珊·桑塔格解释道：一百多年来，结核病“被认为是一种有启迪作用的、优雅的病”。身体的病痛，暗示出一种精神的“深度”，“即意识上更敏感，心理上更复杂。健康反倒变得平庸，甚至粗俗了”。“悲伤使人变得‘有趣’，优雅和敏感的标志是悲伤。”苏珊·桑塔格还引用了二十四岁就香消玉殒的玛利亚·巴什克采夫在1887年发表的《日记》中的自述：“但奇妙的是，它（生病）不仅没有使我变得难看，反倒给我增添了一种相称的柔美气质。”[1]

鲁迅在《病后杂谈》中曾写到两类特别人物：“一位是愿天下的人都死掉，只剩下他自己和一个好看的姑娘，还有一个卖大饼的；另一位是愿秋天薄暮，吐半口血，两个侍儿扶着，恹恹的到阶前去看秋海棠。”后者描写的就是优雅的病态文人，吐出“半口血”，显出才子的忧郁病弱，又不至于严重到马上撕扇焚稿，这种病态烘托出感时伤怀的文人气质。[2]

近代，还有不少作家把生病作为一种国运和时代的象征，写国人之病是一种隐喻，如鲁迅《狂人日记》等，借此呼喊治病疗伤，培育健康的国民。

中华人民共和国成立以后，病态审美作为封建思想、资产阶级思想受到批判，并涌现了一大批作品如《金光大道》《欧阳海之歌》，以及八个样板戏，作品中的主人公大多有“高大上”的特征，身体状况非常健康。当然，从某种角度来看，这是另一种病态，按照中医的说法，就是阳亢过盛。“文革”以后，虽然短暂出现过隐喻性的“伤痕文学”，但主流文学开始真正走向健康态审美。

---

[1] 见苏珊·桑塔格《作为隐喻的疾病》，上海译文出版社，2003年12月。

[2] 见《鲁迅全集》第6卷，人民文学出版社，2005年。